写作是什么
给爱写作的你

THIS IS NOT A WRITING MANUAL
NOTES FOR THE YOUNG WRITER IN THE REAL WORLD

克莉·梅杰斯（Kerri Majors） 著

代智敏 译

中国人民大学出版社

·北京·

"创意写作书系"顾问委员会

献给

我的父母，他们绝不会相信我会出版一本书

——甚至当我已经做到了。

而迈克，他鼓励我去写这本书。

致　　谢

　　我希望本书中的每一页都清楚地表达了我深深的感激，许多人在我年轻的时候就鼓励我写一本书，是你们促成了这本书的问世。谢谢你们的建议、反馈、鼓励和给予我的修改意见，我不得不说，这本书中时时有你们的影子出现。

　　我特别要感谢那些阅读过这本书的部分章节之后，与我一起讨论并提出修改意见，使本书得以完善的朋友们：科琳·奥克利、吉布森·费伊·勒布朗、约翰娜·莱恩、戴安娜·雷恩、特拉·埃朗·麦克沃伊、布拉德利·菲尔伯特、克里斯汀·兹森、约翰娜·莱恩、迈克·哈维基、伊凡娜·维亚尼、詹森·马歇尔、劳拉·怀特、艾伦·斯帕多、珍妮特·博伊德、凯瑟琳·帕瑞拉。我同样非常感激能够得到以下朋友的支持，他们是洛里、温迪、伊丽莎白、劳拉、莎伦等。还要感谢我经常光顾的书吧，你们对我来说同样重要！非常感谢丽比·琼斯，你帮助我照顾女儿，使我能安心写作。

　　莎伦·马歇尔——我的老朋友、写作伙伴、YARN*的合作创办者……再

---

　　* YARN：青年评论网，作者创办的一个指导青年人写作的网站，引导爱好写作的年轻朋友进行创作，作者担任此网站的编辑。——译者注。本书译者注以 * 号标出，以作区分。

多的语言都不足以表达我的感激，如果没有你，这本书的写作不可能顺利完成。 还有丹尼尔·福德——你的 SARK* 式关于艺术的信念经常给我带来很多创作灵感。 拉达·帕塔克——感谢你的阅读，感谢你多次提出修改意见，让我不断完善这本书。

还有许多我未一一提及的 2012 YARN 的成员——卢尔德、杰西卡、朱丽娅、斯蒂芬妮、安德里亚、迈克、布朗文等。 因为有了你们的创意和艰苦努力，我们的网站和期刊才能迅速发展。 你们的热情给予我太多的激励，特别是在我写作这本书期间，非常感谢！

我是如此幸运，遇到了佩恩·惠林来担任我的代理人，她非常坚定地相信我的作品，赞扬和鲜花没有让我失去感恩的心。 也十分感谢安·里滕伯格，谢谢你一直看好我，但愿我在书中的一些章节已经传达出我的感激之情。

非常感谢《作家文摘》出版社的编辑斯科特·弗朗西斯和皮尔·塞克斯顿，在你们的帮助下，让这本书的出版梦想成真。 还有雷切尔·兰德尔，当你谈到这本书的出版，我非常激动，与你交流的整个过程都非常兴奋。 谢谢克劳丁·惠勒，你设计了如此完美的封面使我感觉自己更酷了。 感谢伊丽莎白·克瑞翰，谢谢你帮我订正了许多错误。 还有朱莉·奥伯兰德，我庆幸我有如此好的帮手！

请允许我继续在这里重复我的感谢，我不得不在此表达对我的家庭的深深感激——迈克和我的父母——你们对我的信任对我来说意义重大，即使在这里重复千百遍也不为过，我爱你们所有的人。 特别感谢迈克，感谢你的阅

---

* SARK 是 *A Creative Companion*：*How to Free Your Creative Spirit* 一书的作者，她是一位作家、艺术家，主张快乐生活、艺术之路应充满激情与魔力。

读和修改意见（注意：特别是现在已经出版的时候，我更要感谢你）。还有托德，你开玩笑说有个作家姐姐是件非常酷的事情。苏珊、杰伊、艾力克斯，谢谢你们的鼓励之言。还有小埃琳娜，谢谢你在妈妈写作时给予的莫大支持，我爱你们每一个人。

译者序

创意起于青蘋之末　舞于松柏之间

2014 年 7 月，正值北京的盛夏，中国人民大学出版社和中国人民大学外国语学院联合举办了中国首届创意写作研讨会，这是一次启动中国创意写作之旅的全国性会议。会议展示了北京大学、中国人民大学、复旦大学、北京师范大学、上海大学等国内一流院校在创意写作方面的成果，也介绍了一些地方院校为培养学生写作能力开展的不同程度的创意写作训练。这次会议充实的内容、国际国内专家的精彩发言、与会同行的讨论和会议中的即时创意写作实践，都富有启发性。我们广东财经大学中文系创意写作教学团队的 11 名成员参加了这次会议，收获颇丰。

广东财经大学中文系创意写作教学团队致力于以"创意写作"为突破口，对传统的汉语言文学专业进行改革，培养具有创意写作能力的汉语言文学专业人才。在这次会议上，我们团队和中国人民大学出版社商定了五本书的翻译协议，包括《写作是什么——给爱写作的你》、《好剧本如何讲故事》、《弗雷的小说写作坊：劲爆小说秘境游走》、《弗雷的小说写作坊：让劲爆小说飞起来》和《想象性写作教程》。

以下是对五本书的简要介绍。

《写作是什么——给爱写作的你》：这不是一本传统的写作指南，目的也不是教授写作理论与规范，它是一本写给渴望成为作家的青年写作者的书。作者从自己的亲身经历出发，阐述年轻时的自己为什么能坚持写作，是什么让作者能忍受写作过程中的种种折磨与打击，最终证明写作是适合自己的。这不仅是一本关于写作的书，也是作者内心情感的抒发，因为写作能帮助我们排除各种纷扰，让我们走到一起，探讨写作是什么、为什么成为作家是一件值得期待的事情。作者以自己研究写作、教授写作以及出版作品的亲身经历告诉我们，写作可以成为一种生活方式，通过研究与评阅别人的作品并进行创作，逐渐形成自己的文学品位，通过写作过上自己想要的生活。

《好剧本如何讲故事》：本书是电影剧本创作的一部实用宝典。作者罗伯·托宾是剧作家、小说家，曾任动作片的项目开发总监，出版过剧本写作方面的畅销书。担任项目开发总监的经历，使他有机会翻阅 5 000 余部剧本，对优秀剧本的标准如数家珍；而剧作家、小说家的身份又令其深谙写作之道，对于如何创作优秀的剧本有深入的思考和独特的认识。这些在实践中总结得出的丰富经验，被作者集于一册，呈现给广大电影从业人员和剧作爱好者，以期大家通过阅读此书，能够了解剧本创作的准则和技巧，以及如何遵循这些准则、利用这些技巧来创作结构完美、对白可信、角色丰满、主题深刻的电影剧本。此书篇幅短小、内容精练、文字简洁，没有过多的分析阐释或交代铺垫，作者开门见山、直截了当地将最核心的观点呈现出来，希望读者能够迅速完成阅读并尽快在实践中加以运用，具有强烈的实用主义色彩。

《弗雷的小说写作坊：劲爆小说秘境游走》：本书强调了波澜起伏、扣人心弦的好小说必须富于戏剧性，即通过制造冲突、设置矛盾，使主人公身陷重围、使主人公背水一战，从而在绝境中引爆主人公体内的潜能，在绝境中激发读者的阅读兴趣，使读者迫不及待，使读者欲罢不能。一部戏剧性小说以一个中心人物即主人公为焦点，该主人公面临困境；困境发展成一种危机；这种危机通过一系列纠纷构建成小说故事高潮；在高潮部分危机化解。作者旁征博引，通过对《老人与海》、《圣诞颂歌》、《包法利夫人》、《柏林谍影》、《飞越疯人院》、《洛丽塔》、《教父》等经典文本的分析，生动地说明了这些小说都是用戏剧方式写成的，而且都是非常棒的小说。本书例证丰富，从现实生活中拳王阿里、波士顿红袜棒球队到动漫中的"大力水手"，从家喻户晓的"小红帽"到有深刻政治寓意、历史背景的"加尔各答黑洞"、"英布战争"，作者信手拈来，通过比喻论证将一些艰深抽象的写作学原理，深入浅出地演绎出来。即使不是文学系科班出身的读者，也照样能流畅地将本书读下来，不需要担心要为艰深晦涩的专业术语而挠头。

《弗雷的小说写作坊：让劲爆小说飞起来》：本书介绍了高级的创作技巧，例如如何让你的故事角色既有活力又令读者难忘，如何加深读者的同情感以及对角色的认同感，如何增添故事的悬疑气氛以吸引读者，如何与读者建立一种契约并保持下去，如何避免犯小说家的七个致命错误，还有最重要的，如何带着激情去创作。书中在设置悬念、构建更清新有趣的人物、吸引读者产生更强烈的同情心、移情人物角色以及认可人物等方面提出了许多实用新颖的方法和技巧。作者不赞同那些让作家备受痛楚的虚假规定，它没有像"圣书"一样设置伪规则。作者关注的是作家对读者所做的承诺——对故事人物、叙述声音、故事类型等的承诺。想要让读者喜欢你的故事，你必须坚持你对他们所做的承诺，在写作的过程中尽量保持真诚、字斟句酌，以确保人物内心所感、确保句子表达的内容完整确切。作家应该扪心自问，你想通过这些句子表达什么内容？其间的细微差异是否是有意为之？本书为所有的作者提供了一个新的视野以及特别棒的建议，以简洁犀利的语言引导作者了解如何写作一本畅销的小说。

《想象性写作教程》：本书作者曾获美国国家图书奖等众多重量级奖项。在她眼中，所有的写作都充满想象力，对生活经验的转化或对词语的思考本身就是一个富有想象力的过程，令人信服的创作是在于写作过程而不在于事实真相本身；在大多数情况中，最为原始的也是颇具想象力的，而这恰恰也是最真实的。本书以想象为核心，努力平衡天赋和技能两者之间的关系，大致以下列方式进行内容编排：前六章覆盖想象技能的五大领域（形象、腔调、角色、背景和故事），讨论的是在任何类型的写作中都适用的或不只与一种类型相关的技巧，并给出运用这些技巧的方式。第七章进入拓展和修改环节，关注的是如何把习作初稿拓展和修改成一个完整的作品。从第八章开始，转入纪实小说、虚构小说、诗歌和剧本四大类文体的专项创作训练中，研究的是四种文体各自的独特之处，以及如何将写出来的东西塑造成这四种体裁之一。每一个关于写作技巧的章节都会从这个技巧的讨论入手，同时在每个章节的开始都配有"快速热身"及"小试牛刀"等训练环节，作者期望通过讨论技巧和提供练习，让学生在投入正式的写作计划之前试验那些技巧，从而使教学指导过程不再令人畏惧，并激发学生的冒险、探索精神。

其中《弗雷的小说写作坊：劲爆小说秘境游走》、《想象性写作教程》、《写作是什么——给爱写作的你》为广东省教育科学研究"十二五"规划 2013 年度研究项目"'创意写作'学科中国化之道路探索"（项目编号：2013JK070）及广东财经大学 2014 年度校级"创新强校工程"教研教改一般项目"'创意写作中国化'探索与实践"的阶段性成果。

中国人民大学出版社近几年全力推出了几十本创意写作方面的图书，呈现在你面前的这五本书是创意写作翻译的又一次集中呈现，它体现了创意写作浪潮由北京、上海向广东的延伸，也标志着创意写作越来越受到"北上广"等各地的重视，隐现创意写作对于当下我国社会发展创新驱动的根基作用。上面五本书既包括了作为创意写作基础理论的想象性写作教程，也包括了小说、剧本等方面具体的创作技能，内容翔实新颖。

创意写作，英文为 Creative Writing，指创造性写作。顾名思义，在中国，创意写作主要指向"创造性"三个字，它与"创意思维"和"创新性"紧密相关。因此，可以将创意写作视为创意思维训练和创新性能力培养的路径，可以为当下中国创新驱动、打造中国声音提供解决之道。目前，中国人民大学出版社率先大量引进的创意写作国外资源为中国创意写作的发展提供了基础材料，北京大学、中国人民大学、复旦大学、北京师范大学、上海大学、广东财经大学、广东外语外贸大学都在开展不同层次、不同角度的创意写作教学与研究工作，以"北上广"为牵领的中国创意写作浪潮初见端倪，未来发展空间广阔。

创意写作的展开路径大体有五个方面：一是解决传统汉语言文学专业忽视写作能力培养的状况；二是发展写作学科，培养写作学硕士、博士等高层次人才；三是培养人才的创新思维和创新意识；四是为文化创意产业发展培养基础人才；五是在科研上研究创新的基本动力。在具体发展中，创意写作人才的培养不仅仅是大中学校的任务，也是各级各类创意文化企业的任务，更是全民应有的意识，说到底，创意写作之创新精神关涉全体国民，创新不是一个人、一个群体的呼吁，而是整个民族发展的驱动力量。

"广东财经大学创意写作书系"包括翻译和专著两个系列，此次出版的五本译著即属此系列。具体工作由田忠辉教授负责，成员由许峰、代智敏、李子、王燕子组成。其中参加翻译系列工作的还有田忠辉教授带领的广东财经大学英语翻译专业硕士研究生杜瑾、刘曼玲、刘丽娟、周静、刘旭丽、吴梦瑜、魏小杰、林珺丽莎。小组成员积极努力，如期完成了这一工作。在翻译的过程中，大家析疑解难、合力同心，所有的成果都凝聚着集体的力量，这个学术共同体在建设中国创意写作的道路上团结一致、孜孜以求，快步走在探索中国特色创意写作的路上。

这一工作的开展与完成，还要特别感谢上海大学的葛红兵教授，他不仅给我们输送了认真诚恳的弟子许峰博士，还全力将我们推荐给中国人民大学出版社，给了我们感谢中国人民大学出版社费小琳、杜俊红、陈曦三位老师的信任、支持和督促的机会。在翻译工作的整个过程中，费小琳老师在默默工作中坚持的理想主义精神、杜俊红老师严肃亲切的敬业态度、陈曦老师严谨认真的工作要求，都给了我们深刻的印象。所有的朋友都聚集在建设中国创意写作的路上，积薪拾柴，创意未来。

创意写作的开展需要打破僵化的思维、突破各种禁忌和藩篱，需要主体性的唤醒、探索思想和语言的无限可能性，需要全民族的热忱建设和发出华夏的声音。创意写作将为解决文学教育问题、提升全民思维能力、打开创新意识提供驱动力量。创意写作训练是一个突破口，将为全社会未来发展提供创新意识和创新人才。围绕中国梦和中华民族的振兴，创意写作将使我们的汉语母语甦生，使我们的民族气质和地域灵性呈现。我们相信，基于中国根脉、以发出中国声音为动力的创意写作必将有一个辉煌的未来。

译者
2015 年 2 月 28 日

前言

　　这不是一本写作手册，不是教科书，也不是写作指南，我知晓这一点是因为这类书我都曾读过、教过或写过。我倾向于认为这本书对年轻的写作者来说是一种心灵疗愈——我真希望我年轻的时候曾经遇到过这样一本书，也有许多人告诉我，他渴望遇到这样一本书。我所拥有的智慧和关于写作方面的知识，源于我长期不断的写作与实践，后来，我停止了我业余时间里最爱的长笛练习与钢琴演奏活动，开始将全部精力投身于创意写作。

　　"我希望你打算嫁个有钱人。"

　　"一定得找点实际些的工作去做，因为写作并不能挣到很多钱。"

　　"要能忍耐。"

　　"你可以创作魔幻故事，我听说这方面的作品挣钱更快。"

　　"你有没有想过创作浪漫故事？我听说这样能挣很多钱。"

　　"如果你能得到这工作就好好干。"

　　"不要辞掉你的正式工作。"

　　"这是一条漫长的路。"

　　小心！一定要小心！当人们看到我，一位年轻而富有创造力的作家充满热情时，大多数人会想要与我谈论以下两个问题：（1）金钱；（2）如何才能实现自己的目标。虽然没有任何一条意见来自于真正的写作者——我后来也得到了真正的写作者的意见——我必须承认，实际上，所有的意见都变成了现实。

是的，现实。

但是我希望你能坚持阅读。

因为实际情况是，当我还年轻的时候，我经常会听到一些令人沮丧的建议，虽然我依旧会面带微笑地点头同意并道谢，但我的内心却想着："你疯了吗？当你看到明年我上了奥普拉的节目之后，你必定会收回你说的话。"

时光飞逝，当我已经三十多岁的时候，我仍然没有上奥普拉的节目，而且也不可能上了，因为她的节目已经停播了。但我依然在写作。实际上，我全部的职业生涯都以某种形式围绕着写作进行，有时，若是我的职业生涯偏离写作一点点，都会令我十分难受。

事实证明，有一些令人沮丧的意见并不是毫无道理，比如找一份正式的工作、增加忍耐力之类的建议，这些已经让我习以为常并且不以为然，因为事实证明并没有其他的路更适合我。

我知道，这令人疑惑不解。但这也是我写这本书的原因：阐述年轻时的自己（这也是许多年轻作家感兴趣的）为什么能坚持写作，是什么让我能忍受写作的折磨并经受各种打击最终证明写作是适合自己的。

我写这本书是献给那些年轻的作家的，他们拥有无限的希望和梦想，他们强烈渴望成功。但是还没有找到像《大人物》（*The Big One*，一本小说的名字）这样成功的路，也是写给像你们这样需要精神鼓励的年轻作者的。因为认识到许多爱好文学创作的青年们的需要，我创建了青年评论网（YARN）并担任编辑，创办了青年文学杂志，以此鼓励年轻的写作爱好者们。我不得不承认，我像一位写作老师那样在教写作，但是不要抓住这一点来反对我。这难以避免，在我因为有了小孩而移居马萨诸塞州之前，我已经教授如小说、诗歌等各种类型的写作八年了，但是我并没有打算沿用学校的教学模式来教授你们。

我承诺不会讲这类的话："你们充满希望——只要能坚持写作，等等"，你们不需要，我也不需要。

另外一个承诺：没有写作练习，没有课后作业，没有你们不得不做的事情……

因为，这不是写作手册，不是教科书，也不是指导书——各地的图书馆已经有了大量的这类书，我做的只是在书的结尾提供一些参考书，你们能够自己找到它们并阅读。而这本书仅仅是你与我的书，因为写作能让我们审视自我、给我们带来快乐，因此我们走到一起，探讨"写作是什么"，以及"为什么成为作家是一件值得期待的事情"。

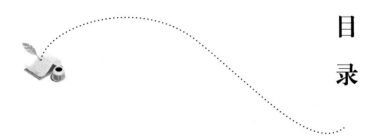

目 录

第三部分
展望出版

第一部分　开始写吧

1 撰写草稿

跑，快跑，越快越好……

实话告诉你吧，我在七年级时写的"这是一个夜黑风高、雷雨交加的夜晚"式开头的那些小说，其实并不是我小说写作生涯的初次尝试。事实上，我还在五年级的时候就已经写了第一部小说。小说的主人公是一个十几岁的小女孩。她结交了镇上的另一个女孩，结果却和那个女孩失明的哥哥坠入了爱河。我把这个故事写在了一本黄色的便笺本上，或者更确切地说，这个 50 页的故事在这本黄色便笺本上铺陈开来。两年后，我在写作上更加专业，并开始借用我父亲的电脑来创作。那是在 1987 年，因此，你应该能想象一个奶油色大箱子配上一个黑色显示屏、闪耀着绿色光标的台式电脑的样子。真是令人怀念！我把写好的章节都存在软盘里，并用点阵打印机打印出来，然后还要沿着连接纸页之间的穿孔带撕开。这使我经常被纸割伤。

我七年级时写的那部小说，是关于一个女孩和她的一些叛逆小伙伴一起离家出走的故事。他们想逃离一些重大的、可怕的、险恶的……陷阱，当初我自己都还不懂。我并不是那种会离家出走的孩子，我的朋友们也不是。我们穿着背带裤，戴着随身听，嘴里嚼着从好市多超市买的零食，那生活真是惬意极了。只有从《龙虎少年队》（21 Jump Street）的情节里我才了解什么样的烦恼会使得一个聪明的年轻女孩，即使有着慈爱的双亲，也还是想要逃离，而且越快越好。此外，我还是电影《西区故事》（West Side Story）的忠实粉丝。因此，恐怕我的这部小说也有一点该电影的衍生物的影子。后来，我决定要让故事里的主要人物和一个犯罪团伙擦出"火花"。当然，这都是因为男主人公的过错，女主人公只不过是他一个忠实但是明显芳心暗许的朋友。是的，如果我真的完成了这部小说，或者那一年我被吻过——这一点很重要——也许下一个情节就是接吻。

但是，在我创作那部小说（唉，至今还未完成）的几个月里，不论是女主人公还是我，吻戏并没有立刻上演。我花了好几页来铺垫那场吻戏，并且因此收获了第一批忠实的读者（参见"寻找读者"一章）。那是我第一次明白这样一个道理：如果作者怀着期待某件大事（接吻或者在和喜欢的人私奔的时候被官方逮捕）那样兴奋的心情来创作，那读者们也会抱有同样的心情来阅读。而且我还知道，有时候必须让性感男主角干一些坏事。比如，某种情况下，我觉得要让故事继续发展，同时也让主人公有事可忙，便不得不让男主角意外杀害某个人。

因此，这部小说的创作经历教会了我很多技巧。比如人物的塑造、如何让小说情节围绕人物展开、如何诱使主人公做我需要他做的事。我坐在电脑前，对创作出的每一个章节都进行着许许多多的字句删减和斟酌。可当我写着写着，会发现两个主人公的一些新特点，然后我会意识到前十几页写过的事件基本上不可能发生。因为，在他们的故事里我发现了一些与此不相符的性格特点。

啊！大概这就是撰写第一篇故事草稿的快乐和惊喜吧！

我和许多作家一样，都热爱撰写草稿。那感觉很像是和朋友们在驾车兜风。当然，我也知道有很多作家害怕撰写草稿，因为他们经常受到一些现实问题的阻挠：自我审查，文思枯竭，这样或那样的担心，拖延症，以及本书后面提到的一大堆的职业病。

当校订这一章的时候，我收获颇多。我顺便偷了个小懒，浏览了一下 Facebook。惊喜的是，我发现一位已经发表过文章的小说家朋友发布了一篇关于撰写草稿的非常有趣的帖子。他分享了一篇关于"修订"的文章，另外附了这样一段话：

> 我其实并不赞同这篇文章的基本观点："修订是作者所做的最重要的工作内容。"虽然这一说法貌似在写作老师中非常流行（更严格地说，这是因为"修订"是最容易教的部分）。一般我们在这一部分花的时间最长，而且做的工作也最繁重（我曾经花费了几年的工夫来修订终稿）。但是，我还是坚持认为"初稿"或者说"草稿"是创作中最重要的部分，它决定了修订的价值所在。这一部分确实相当难处理（具体说，是因为很难有一些可直接套用的方法，来挖掘作者的潜意识，激发创意思维）。

也许情况就是这样，而且某些作家可能深受其害。上面这位小说家暗示撰写草稿本质上是依赖直觉的一项工作，这点我也同意。这项工作不仅需要直觉，有时候还要你违背父母一心想让你当医生的意愿，或者身边的人都觉你当一个作家的机会渺茫。一个作家经常从他的直觉中获取材料，听从直觉在不合时宜的时间（可能是凌晨1点）告诉他的不合时宜的事（可能是关于父母的或者是一段已经失去的爱情）。大部分人的直觉是不能很好地用工具将其具体化，因为直觉在本质上就是狂野而自由的，当你创作的时候，它发挥着无拘无束的本性。

安·拉莫特在改变她人生的著作《关于写作：一只鸟接着一只鸟》（*Bird by Bird*）的经典篇章"拙劣的初稿"中提醒人们："我能写出东西的唯一途径就是先写糟糕得不能再糟糕的草稿……而写草稿时就应该像孩子作画一样尽情释放和驰骋，因为你要知道没人会去关注它，而且你也可以日后再去做那些修饰工作。"因此，请记得：没人必须要看你的初稿！你完全可以畅所欲言！这就是初稿的全部意义所在。来吧，不要只是用自己的内心去感受，都写出来吧！尽情地把你的灵感倾泻在这空空的白纸上吧！修饰、编辑、删改以及写作技巧等问题，就让它们留待以后。

初中时许多个下午时光，我都用来著述那蹩脚的逃亡故事。以上就是我这次写作经历的心得体会。我是因为热爱写作才去写作的，而在这个过程中，我又学会了如何更好地创作。我本可以把我因创作该小说而学到的东西一一列出来。但是，有太多东西仅仅与那部小说相关，和这里所说的并没有太大联系。这本书并不是教你如何更好地成为以发表作品为目标的写作者——市面上已经有太多这类的书籍了——而是帮助你以作家的姿态来写作、生活。这是两个不同的概念。以下谈论的有关我撰写初稿的回忆将会切入正题。

曾经，我尝试每天都坚持创作。

我经常在放学后写那个逃亡的故事。我先从莫拉德中学走路回家，然后吃点零食：薯片、饼干，如果我母亲在的话，也可能会给我弄一些水果或者芹菜条配花生酱。吃完零食，补充完能量之后，我就会去车库旁边的那个密室里。密室里有一种干狗粮的味道，父亲的飞钓装备和健身器材都存放在这里。但是，我经常用来打字的台式电脑并不在这里。我说的"经常"是指几个小时一次，但是也可能是每个小时一次，每次半小时。

我喜欢在天色昏暗的时候创作，有的时候我会吃过晚餐，等太阳落山了写上一点。同样，阴郁的雨天的下午也使我在创作中有一个好心情。昏暗的光线让我得以怡然自得地和我的故事人物们纠缠，这能够帮助我更好地体会他们的情绪、想象他们的处境。我猜这也是很多作家在凌晨 2 点时写作的感受。他们只有感觉到故事人物是醒着的，并一起参与到创作中来，写出的初稿才有统一性可言。（近段时间，我更倾向于在白天创作，那个时候我大脑的状态是最佳的。但是偶尔在半夜或者清晨，我也会爬起来。那是因为一些恼人的事情惊醒了我，迫使我的思绪一直沉浸在最近写的故事情节里。沉思有时候让我无法入眠，所以我只好起身。）

然而，就算我喜欢昏暗的创作环境，中学时的我也经常在阳光灿烂的日子里写小说。应该说，每一天我都会写很多。

每天或者大部分日子都能够坐下来创作是很重要的，这可以帮助你完成初稿。

在我 26 年的创作生涯中（从五年级创作的第一部小说开始算

起），我发现，很多同行只会在一些特定的情况下才坐下来创作，比如说天色昏暗的时候，午夜过后，度假期间，离截稿时间只有三小时的时候，月亏而不是月盈的时候，或者当塔罗牌占卜师告诉他们条件理想的时候……是的，你已经知道我要说什么了。这么多年过去了，那些作家很明显不像我这样大量创作。他们只在某种情况下创作出比平时多得多的工作量——特别是那些"临时抱佛脚"的作家们——而我的小说页数总是以一种惊人的方式增长着。

还记得你的爷爷奶奶曾经给你讲过的那个耳熟能详的龟兔赛跑的故事吗？事实证明，这个道理是正确的——一个所有的专业作家都能认识到的道理。他们知道打草稿是每天必须做的写作训练，修改和润色也是，我会稍后再说这个问题。

日常写作训练并不意味着你必须在每一天都进行写作。对于有些作家来说是这样，但我并不如此，至少近几年来我并不如此。我的经验算是每周训练，请允许我详细说明。

大学毕业后，我开始写我的第三部小说。这也是我的第一部正式完成的小说。我几乎每个工作日都写作，并围绕我的写作日程精心安排我的生活，只依靠工作时间灵活的保姆工作和书店店员的工作赚钱。我每天早上至少有两个小时是用来写作的。但是，当我开始管理一个橄榄油商店后，我的写作日程就完全被打乱了。我必须花更多的时间工作，以至于早上的写作时间也不能有保证。这个情况在我读研究生的时候稍有好转。但是那个时候我已经没有计划的概念了，加之后来我又担任了教学工作，时间就变得零零碎碎。我所有的时间好像都花在了准备讨论会、备课以及评分的事务上。此外，我也想享受生活。我可是生活在大纽约啊！不去尝试各式的餐馆和参观博物馆怎么行！

我那个时候已经忘记了计划的重要性。其实那正是我按时完成创意写作硕士学位①的课程作业和学位论文所最需要的。我待在研究生院的首要原因就是将来想当一位作家。我当时的男朋友（也是现在的丈夫）迈克对我说："你需要制定一个写作的周计划。"这番话让我察觉到，并不是我的教学任务或者社交生活阻碍我成为一位作家，而是因为我在时间管理上有问题。

我很善于寻求建议，因此我立马就去找寻最成功的经验。我找来一位以前的教授，以及我的一位好朋友，进行了促膝长谈。他们都以各自的方式坚持写作，但是本身并不是职业的小说家或诗人。就像很多表面上不以写作为职业的人们，但在工作中经常需要用到写作，比如教授和律师就经常需要大量写作。只不过，作家的作品是明码标价的。这两位朋友都对我协调写作和忙碌的工作以及社交生活的难处深表同情。他们也曾经遇到过同样的问题，并给了我和上面完全一样的建议："你需要一个计划表，然后坚持执行下去。"为了帮助我解决这件看似简单的事情，他们向我介绍了一些时间管理类书籍，如伊维塔·泽鲁巴维尔的《发条的缪斯》（*The Clockwork Muse*）以及朱莉·摩根斯坦的《如何高效管理你的时间和空间》（*Time Management from the Inside Out*）。这些书确实帮助我脱离了这一困境。

---

① MFA，即艺术硕士，这是研究与艺术有关的硕士学位，我修的是写作，主攻方向为虚构叙事，但是也可以选修戏剧、视觉艺术、电影等方向的艺术硕士。

看来，我真的需要做一个好的计划书，并且把我一周内计划写作的时间段都清楚地记录下来。只有写作的时间越规律，我写作时才越不容易被别的事情分心。

如同奇迹一般，那些曾经占据我所有时间的备课、评分以及其他事务，我也能一并完成了。计划的好处就是：我能够更快速、高效地完成更多任务，因为我不得不这样做。假如说没有每周写作 6 小时的计划刺激，我很可能就不会把批改一张试卷的时间从 1 小时减到 20 分钟。当然，这是在不损害我作为教师所必备的专业素质的前提下。

确实，当我越长大，责任也就越多。这也就要求我用更多的时间来履行这些职责。因此，我必须要放弃某些东西来维护我为写作预留的宝贵时间。具体来说，我缩减了去健身房锻炼的时间，烹饪相对简单的菜式，减少出门次数，以便我在早上能够保持清醒的头脑写作。但是，随着年龄的增长，我也越来越感觉到，要继续当作家，就必须坚持做计划。没有时间，何来章节？没有章节，何以成书？只是有一点区别，现在我的日程表是写在网上而不是像以前那样写在纸上。这也算是我为地球做的小小贡献吧！

在我初中的时候，每天打草稿并不断创作是一件快乐的事情，这也是我的私人专属时间。在这些时间里，没有家庭作业，没有坏女孩，也没有"他爱我，他不爱我"这类纠结的感情问题能够侵入。

今天我依然拥有我的私人专属时间。而此时，我恰恰是在陈述如何开始写作这件事情。

2　快乐写作①

有时候你知道你应该写作，但你就是太累了或者喝醉了，以至于不能全身心地投入写作。我经常遇到这种情况：当我本应该去写作的时候，却没有那个心情去写作。然后我的脑子里就会浮现这样的对话：

我可以洗衣服，也可以洗碗，也可以打个盹儿。

我也可以写东西。

或者打个盹儿。

写东西。

还是打盹儿。

不，克莉，你真的应该写作了。

啊，是啊，写作。这才是我现在应该做的。因为我是一个作家。如果我不写东西的话，如何能自称为作家呢？

---

① 这一章的早期版本是发表在青年评论网（YARN）上的一篇博文，参见：ht-tp//yareview.net/2011/04/writing-without-writing。

但现在是下午 1 点钟。我早上 5 点就伺候我那蹒跚学步的孩子起床，现在写东西这个想法听起来真是令人疲惫不堪。但是我必须要写。如果我不写的话，我就会迷失自我、忘记我尚未写完的故事，所有为写作而付出的努力瞬间就会消失得无影无踪。

因此我必须先读点东西，继续开始写我的故事。

读书，我松了一口气。是的，我还可以读书。想到这，我又浑身充满了力量。我泡了一杯茶，坐在沙发上，盖着毯子，拿起一本书。对，就该是这样。

当我读书的时候，我就是在写作。尤其是当我阅读的是与我的写作项目有关的时候，我的阅读让我充满了写作的激情。这种阅读就是研究。作家们经常需要做这样的研究，强度或大或小。有些作家对这类研究既爱又恨。在我参加的一个哥伦比亚大学早期的讲座中，史洛卡·马克——该校教师中最杰出的小说家之一——正在谈论"研究"。我永远都不会忘记他曾说的一句话："对待研究，最好是尽你所能地速战速决。"他认为在研究中磨蹭太久可能会延误你的故事，甚至让你的故事陈腐得像教科书。

然而，对其他许多作家而言，情况并不是这样的。尤其是那些写历史小说的作家，如唐纳利·詹妮弗或者赫斯特·多萝茜，他们就曾经对青年评论网表示过，研究自己的作品有很多乐趣。唐纳利透露说，关于她的小说（绝不是陈词滥调）"做再多的研究都不够。如果没有那一个个截止日期督促着，我可能现在还在研究工业革命！我开始创作之前就做研究，直到创作、编辑以及校对，我一直在研究。除非我的编辑说：'立刻停下来！'"

《狼的承诺》（*Promise of the Wolves*）和《狼的秘密》（*Secrets of the Wolves*）的作者赫斯特·多萝茜曾经在青年评论网上写了一篇题目为"我怎样从讨厌研究到喜爱它"的散文。她在散文中的描述让研究听起来像是一次次惊心动魄的冒险："在研究的过程中，我一路追赶着爱斯基摩犬穿越了法国阿尔卑斯山，在黄石公园勇敢地体验了零下 40 度的天气，在几百码以外观察狼群进食，也走过14 000 年前先人驻足过的墙壁和绘有北美野牛和马匹的洞穴。"天啊！我也要买张票去那些地方！

在一个安静的地方阅读并思考关于写作的事情，是创意写作的一部分。你甚至可以跷着二郎腿悠闲地阅读。如果你负担不起在公寓里使用空调的费用的话，也可以找个舒适凉爽的图书馆。

我经常一边阅读一边记笔记。如果那本书是属于我自己的，我就直接在书上写，划出我喜欢的句子，并在书页的空白处记下我的感想。如果书不是我的，我就把笔记写在电脑里或者笔记本上。好吧，记笔记让我的阅读看起来更像是真正的写作，而不是所谓的"为写作而写作"，即便事实并不是这样的。因为我写的是对阅读内容的感想，写作过程也让我多少觉得不那么艰辛了。而且，这也并不是从无到有的创作。

当你成为一名作家时，"研究"并不是唯一能算得上是写作的阅读。因为语文课或者创意写作课的需要而阅读呢？这当然也是写作——因为你将在课堂上讨论你阅读的内容，从而能从作者的写作方式上学得一点东西，而这些知识又能够被应用到你自己的作品中。同样，因为加入了读书俱乐部而阅读小说、因为担任编辑而读书也是如此。至少对我而言，编辑的过程与写作过程有着密切的联系。

事实上，如果你愿意这么想的话，所有的阅读甚至是纯粹娱乐性的阅读都能算得上是创作。只要你在阅读中或者阅读后问问自己："为什么我这么喜欢这篇文章?"又或者"为什么我对它的喜爱只到230页为止?"又或者"为什么它在中间写得很勉强，后面又好多了?"又或者"为什么这本书的后面和第一章的预示不相符?"如果你有这些疑问或者任何与此书相关的写作手法的疑问的话，那么，我的朋友，你就是在创作。当然，你还必须要回答那些疑问。你每次这么做的时候，就是在学习更多的写作技能。这对于帮助你成为更好的作家是至关重要的。

在一般情况下，事实就是如此。但是在更特殊的情况下，却是阅读过程本身让我的创作有了一些偶然却重大的突破。我在创作中曾经无数次遇到瓶颈——可能是其中一个角色不再有趣，又或者是情节停滞不前，又或者是我好像无法让人物做出他本该要做的事。几天后，我选了一本书来读，以作消遣。读着读着，书中的某些东西激发了我的想象力，然后，很快我就找到了创作中所遇到问题的解决办法。

阅读只是我创作的一个工具，以上这些说法多少有些唐突。这很容易抹杀掉阅读正是我创作的起点这一事实。有很多次它们都立刻成为我创作的起点。比如某个夏日我拿起路易莎·梅·奥尔科特的《小妇人》（*Little Women*）并爱不释手，以及我和《甜蜜谷》（*Sweet Valley High*）里面比我还冷静的小鸡一起放松的五年级时的下午时光，还有某个人在大学的第一周交给我一本她最喜欢的小说——拜厄特的《占有》（*Possession*），并告诉我一定要读。她说得对极了，我

一定要读那本书，因为读拜厄特的作品彻底改变了我的写作道路。（关于我对拜厄特的喜爱，请参见"创意课程"一章）

最先真正影响我成为一位作家的两部小说分别是肯·福莱特的《圣殿春秋》（*Pillars of the Earth*）以及玛丽安·纪默·布雷利的《阿瓦隆迷雾》（*The Mists of Avalon*）。陪伴我度过初中暑假的这两部作品让我重新思考了我的写作方式。如果你熟悉这些小说的话，可能会猜到我在中学时迷上了英国早期历史。是的，我承认这一点。甚至，我还去过有关文艺复兴的展览会，我在这本书中将会和盘托出。

福莱特的《圣殿春秋》让我看到繁杂和乐趣可以同时出现在同一部小说里。他的小说不仅充满了西部狂野的暴力争斗，还有一些令人心碎的性感浪漫。纷繁紧凑的情节纵横跨越几十年，全方位地展现了众多人物的生活，而所有的一切又都以这样或那样的方式围绕着一座20世纪的英国教堂展开。文中对那个时代的各种房屋、食物和服装考究的细节描写以及有关建筑史和工程学的知识随处可见。读完这本书，我不仅完全被它的故事情节打动，也学到了不少的知识。在这之前，我从没想过能够在读一部小说的过程中把乐趣和学习结合得如此相得益彰，并不是觉得这不可能，只是我从没想到要这么做。

文学作品可以既让人感觉身临其境又具有教育意义这一观念，在《阿瓦隆迷雾》中得以强化。虽然布雷利的小说本身并不像福莱特的作品那么具有学术性，但是我看得出他做了大量关于亚瑟王的传奇故事以及早期基督教的阅读和思考，以便能构思出布雷利版亚瑟王的传奇故事。正因为他的小说，我又迫不及待地读完了托马斯·马洛里和其他早期版本的亚瑟王传奇故事。虽然这些故事都远没有《阿瓦隆迷雾》的故事那么精彩，但却让我更加了解英格兰、神话以及传奇故事。而且，也是因为读了《阿瓦隆迷雾》，我告知妈妈将不会再去教堂。

关于这个决定，妈妈和我在我高中毕业那年大吵了几次。我是在信仰天主教的家庭长大的，而且在读《阿瓦隆迷雾》之前，我也确信基督教有着一段漫长而持续的受各方压迫的历史（《圣殿春秋》也使我确信这一点）。然而也许，只是也许，天主教所信仰的东西并不比它想极力征服的异教徒的东西更加可信。《阿瓦隆迷雾》把我的大多数想法具体化了，并且那顽固叛逆的女主角摩根也让我看到了自己的影子。

无论是作为作家还是普通人，这些书及随后我看过的一些书，它们改变了我。通过向我展示一本书所能关联到的可能性，它们使我开阔了眼界，广泛而深刻地反映了文学的多样性以及——可能有点老套的说法——人性的多样性。

因此，阅读吧！不要因为从玩电脑或者其他事情里抽出了时间来阅读而感到内疚。

3 偷听谈话

从孩童时候起，我就有偷听的怪癖。一切能偷听到的谈话我都不会放过，而且越杂乱有味的越好——相信我妈妈的朋友们，谁读这本书看到这一章都会不高兴。

但我由衷地想感谢这些人，她们的痛苦经历塑造了我的写作思维以及世界观。要不是我偷偷地观察她们，我的思维方式也不会像现在这么复杂、有趣。

别担心，我不会指名道姓的（对不起了，我的读者们），也不打算特别针对某些事。事实上，她们应该庆幸，我的确也忘了到底是谁讲过哪些故事。我们说的可是 15 年甚至 25 年前的事，我偷听过许许多多发生在家里家外的谈话，所以在某种程度上，到底是谁、怎么样、在什么时候、在哪里发生了什么，早已变得模糊了，部分原因是我并没有亲身经历过这些事情。但是到我上大学之前，我就已经听过很多关于成人世界如何悲惨的抱怨：离婚、失业、毒品、酗酒、不孝、争夺家产等——而且遭抱怨的不只事件本身，也包括由此而来的情感伤害以及这样那样的建议。

那所有这些信息真的可以让我变成看懂社会、理解人生的优秀作家吗？

其实不然。当我竭力描述那些从未在我身上发生过、也完全没有真实经历过的事的时候，上述某些信息有时反而让我成为更差的作家。但是，每个作家都必须经历这个阶段，就像我一样。我完成的第一部小说——那部大学毕业后写成的小说，其实是我在高中时就已经开始酝酿的。这部小说写的是一位年轻的母亲把自己的女儿交给她不太正常的父母来教养的故事。整本书的主线围绕女孩的母亲、外祖母以及正在上大学、遭抛弃的女孩展开。而女孩的外祖父——从某种程度上说，他是这本书的中心人物——他的死正是这本书的核心事件。

那我有没有亲身体验过至少一丁点儿类似的痛苦经历呢？没有。或者我有没有偷听过有关事件的谈话呢？也没有。

但是，偷听谈话绝对是我写那部小说的主要成因。我从偷听的谈话里所了解到的（至今依然如此），是人类经验中许多的道德灰暗面，以及人生中总会遇到的一些形形色色的人，也会面临很多并不一定是非黑即白、非好即坏的抉择。我想，正是这样的想法让我乐于创作更加有趣的小说内容。复杂性正是最有价值的小说的灵魂所在，像《了不起的盖茨比》（The Great Gatsby）中狡猾而不可靠的述说者尼克·卡拉韦，又或者聪明绝顶但又有点病态、沉迷毒品的夏洛克·福尔摩斯，又或者《蝇王》（Lord of the Flies）中的暴力元素。

是的，我完成的第一部小说并不畅销。实际上，它甚至完全没有销路。

然而，它却以一种迂回的方式让我遇到了我的代理人。由于这不是本章的重点，我在这快速带过：写这部小说的时候，每周有几个小时我都要为安·里滕伯格工作。她是一位作品代理人，后来也读过我的这本书，并给了一些非常好的反馈意见。这部作品引起了她的兴趣，多年来她也愿意读我的其他作品。近十年后，好运终于降临——她的一位同行佩恩·惠林兴奋地读完我写的一部悬疑小说后提出要替我做代理。

因此，我想告诉你的是：你在楼梯上或者门外偷听到的谈话并不会直接导致某部小说的写成。但是，它们会让你了解这个世界，帮助你用自己的思维来思考人们的行为，帮助你了解他们为什么那么做。对于每一位作家来说，这都是无法用价格来衡量的未经雕饰的原材料。

但是，偷听还是能教会你一个写作技巧：它能让你了解人们是怎样交谈的。

一旦你从最初对人们行为的震惊中缓过来，就可以开始关注他们的语言了：人们是怎样对朋友、陌生人以及敌人透露这一信息的。你将听到各种各样的语调、句型，同时还伴有各种停顿、叹气、结巴以及身体语言（如果你能够看到谈话的场景，而不是在门后隔着玻璃偷听的话）。或者，你内心的小作家已经开始描绘你所不能亲眼看到的谈话场景，从而使因为偷听而不可避免会欠缺的空白部分得以填补。当你在电脑前开始编写对话的时候，你要学着使用真实语境中的"呃"、"嗯"之类的语气词，因为这些词在编写对话或者演讲稿时是个大难题。

事实证明，要写好对话确实很难。我在打草稿和校订的时候，其中的对话部分就经常困扰我。但是，我想在这里自夸一下：在我收到的所有批评中，"糟糕的对话"却是出现较少的。我想这绝对是多亏了我平时爱偷听。如果你也听过足够多的谈话，就可以训练用耳朵去捕捉人们交谈的方式，这就好比你想成为音乐家，就要学会欣赏古典音乐或爵士乐。

当然，这也同样意味着你在读到糟糕对话的时候，你的耳朵会"尖叫"着反抗。然而，这代价微乎其微，不是吗？

说到阅读，它之所以为我们呈现了精彩的谈话或好的文学作品，一部分原因不就是它让我们感觉到像是偷听谈话时的快感吗？当"你知道吗"这几个词出现的时候，你就会像苍蝇一样伏在墙上，准备迎接那些生动而杂乱的故事：疏远的儿女在父母弥留之际回来听到的最后几句话，男女朋友之间发生的激烈争吵以及（如果你还算幸运的话）过后又利用性爱来和好的故事，炎炎夏日午后失踪的小男孩的真实去向……

伟大的作品总是充满着等待被揭开的秘密。而对于一位作家来说，不论何时开始收集这些秘密都不算晚。

4 反馈意见

在读高中的时候，我为写作所做的最好的准备之一就是加入了演讲辩论队。这里我将简要介绍一下演讲辩论队，以免有人不了解（又或者如果有人正打算加入这样的团队，我也极力推荐）。顾名思义，演讲辩论队包括：（1）能胜任多种辩论形式的辩手，包括个人演讲到团队演讲再到"会议"式的辩论赛；（2）能驾驭各种演讲风格的"发言人"，包括诙谐生动的演讲表演（发言人要表演十分钟的喜剧、电影或者小说片段）和原创的演讲表演（发言人要根据特定的话题创作并作10分钟的演讲）。在地方高中，每星期六都会开展辩论赛；而在大学校园，每周末都有全天举办的时间相对持久、规模较大的邀请赛。

虽然，我在周末的巡回演讲比赛中（由狮子俱乐部赞助）取得了很好的成绩，但却是因为参加原创散文与诗歌的比赛，我才感觉自己成为了真正意义上的作家。这个比赛要求参赛者写一篇大概五页纸的短篇故事，然后在10分钟内表演出来。我很清楚地记得为演讲队编写故事和写演讲稿初稿时的心情：当感觉对了的时候，我背部的右下方就开始发痒。那是因为在我坐于电脑边开始创作之前，我都会先思考一下人物的塑造以及故事情节。一般情况下，整个故事的灵感会瞬间喷涌而出，使我完全卷入那故事中。在非常投入的时候，我还会哭上一阵或者开怀大笑。

是的，我觉得我真是个奇才。

高中一年级时，我在首次演讲讨论会上就从高年级同学那里听说了写作指导老师喜欢撕学生的作品，但正是因为这样，才让他们成为了更好的写作者。虽然我不赞成"撕成碎片"这种做法，但是这位看起来很和蔼、其实非常尖酸刻薄又满嘴胡须的秃头佬与那些明显非常爱戴他的三年级、四年级学生之间滑稽的朋友关系让我找到一点安慰。而且，我也不是没有收到过其他老师的反馈。我创作最开始的那两部小说时，就和我六年级时以及初中时的语文老师交流过。他们称赞了我写的东西，也提出了一些改进意见。

在第一次演讲训练中，我读了自己首次参加原创散文与诗歌比赛时写的故事。然而，我对于接下来发生的事并没有心理准备。由于指导老师白天要在办公室处理学校的行政工作，只有晚上才能来指导训练，因此，演讲队队员们只能定在晚上开讨论会。在那次讨论会上，我和几个新生朗读了自己的作品，并接受了大家的首次评价。因为我们是新生，指导老师事先就保证说不会让我们受那些自以为无所不知其实只有一知半解的高年级学生的刁难。

第一位朗读的人——幸亏不是我——一上来就道歉："非常抱歉，这篇文章并没有我期望的那么好……"

指导老师立刻打断他："永远不要为你的作品道歉。就好比我本打算呈上一部《哈姆雷特》，但一开始就为没有充分排练而道歉，你还会有心情留下来观看吗？"

不错，说得有道理。

听了指导老师对前面几篇文章的评论，我开始放松下来。他人并不坏，只是很直率。他明白自己作的评论，而且，他说的每一点我都赞同。但是到目前为止，他听到的都不是原创作品，而不过是一些故事的翻版。

轮到我的时候，我紧张又充满期待地读着我的作品，全程没有说过一句抱歉的话。我很肯定我写得不错，因为这篇文章是我在八年级时得过数次奖的文章的基础上改写的。看到指导老师露出真诚而温暖的笑脸，新生们因期待而摆出微微前倾的坐姿，我深受鼓舞。当我读完，我长长地舒了一口气。

指导老师继续保持着微笑，和所有人一起为我鼓掌。从他的表情来看，那意思好像是说"这女孩可以一路晋级到州级比赛"，至少当时我是这么想的。而我则主要是庆幸自己没有丢脸。

和对待前面的演讲一样，指导老师张开双臂看向教室里的同学们，转而问道："你们觉得如何呢？"他以此来作为同学们发言的引子。

其中有一些真诚的赞美之词——特别是他也认同的那些——让我感觉很轻松自在。

然后他又问有没有人能提一些意见。

后来我意识到，这里全是些不安的作家兼演员兼艺术家青年们。因为没有一个人能提出意见。

"那么，"指导老师接着说，依然微笑着，"我有一些建议，但还是以后再说吧。"他又看了看手表说："已经很晚了，我可不想在第一次讨论会的晚上因为晚归而惹你们父母生气。"

什么？

以后再说？

那要到什么时候？

难道我的文章差到他都不屑于给一两个意见吗？前面的文章他可是都给了意见的。

教室里开始零零散散地充满着暗自庆幸的嗡嗡声，好像是在恭喜我们终于安然度过了这个晚上。

我继续逗留着，直到教室里只剩下最后几个学生。"我的文章真的那么差劲吗？"我走上前问指导老师。

他露出宽容但又有点生气似的笑容，笑容中有一点讽刺意味，是那种你最爱的叔叔同时也爱你的人会给的笑脸。他说："我不是说不要道歉吗？"

"可是我没有道歉……"

"你现在在怀疑你的作品。"

我没有再说话，因为不知道该怎么去回应。

"那你为你的文章感到骄傲吗？"

"是的。"我回答，其实内心已经不再那么确定了。

"那么，我的看法也就不再重要了，我会帮助你尽量写出最好的作品。"

"那你能给我一些意见吗？求你了。"

"好吧，"他说，好像"意见"是可以带来带去的东西。"那你什么时候再过来呢？"

后来，我们又继续聊了一会儿就回家了。中学四年以及那以后，我们每一次见面我都能获益匪浅，收到极好的反馈意见。

对我来说，指导老师的反馈意见更像是一场爵士演奏会而不是批评讨论会。他总会兴奋地要求我把他认为精彩的部分一遍一遍地反复读。然后，他会问我一些问题，帮助我把那本来就很精彩的部分变得更加精彩。然而，这所有的修改都是通过一次次谈话来进行的。我想，可能有的同学真的觉得指导老师像是在把他们的作品"撕成碎片"，因为我们谈话的结果总是他要我大幅度改动初稿。但是，我想变成更好的作家，因此我们的谈话是愉快的。谈话之后，我一般都会匆匆赶回家去修改讨论过的部分。

在接下来的四年中，像这样的谈话实在是太多了，我也曾经写过短文或者演讲稿专门提到这些谈话是如何进行的。因此，跳过这部分，我们现在说说演讲训练。在演讲训练的期间，我既得到了朋友们的赞扬，也受到了相应的批评。对于写作者来说，这两样总是缺一不可的。

在我的创意写作课堂上，我总是鼓励学生们——尤其是那些害怕开始写作的人，让他们把文章给自己的母亲、配偶、兄弟姐妹或者任何容易发现文章中优点的人去看。因为写作是艰难的，你对自己的写作总是会不自信。你甚至可能发现写作很讨厌。但是，如果你还是要迎难而上的话，你需要被告知你做得很好以及为什么你做得好。特别是当你询问的那个人知道他真正欣赏的是什么地方的时候，你可能还会有想哭的冲动。

然而，这是个充满争议的意见。也有很多写作者会告诉你要回避那些缺乏经验的读者：这些读者会一致给出好评，因为他们不知道自己说的是什么。说得文雅点，他们的赞扬可能人为地抬高了你的自我，然后变成一道"符咒"，使得你听不进去来自专业人士的正确但又刺耳的评价。

这个告诫似乎有点道理。但是，如果你提前知道前面那种赞扬会是夸大的，那么你就不容易陷进"符咒"里。你应该把它看成辅助你写作的推动力，而不是根本的原动力。因此，享受它吧，就当它是奖励自己的冰淇淋，但最终还是要靠"吃药"来彻底除掉病根。

另外，我在上面提到的"专业人士"是指广义上的。对我来说，我上高中时的写作指导老师和我的美国历史老师——高中校报负责人——都是"专业人士"，前者教会我如何塑造精彩的故事，后者教会我如何做调查以及写好短文。后来，我的很多同学以及来自其他学校的竞争对手都成了我的"专业人士"，他们具有丰富的经验，教会我很多写作的窍门，并且尊重我和我的作品，诚恳地给了我很多宝贵意见。

开展写作学习班的形式是：让一个老师和十来个学生待在一间教室里，然后他们互相提意见，从而使得每个人都从中受益并有所提高。在和那些我喜爱并尊重的写作者们一起学习的过程中，我从这些同伴身上学到的东西就算不多于从老师那里学到的，也绝不会更少。特别是当我看到付出往往取得更大的回报的时候，我更是觉得如此。换句话说，如果你给他人作品的评价够深刻，他们也很有可能会反馈给你同样深刻的评价。我受到的写作生涯中一次极好的"赞扬",是高中毕业后指导老师拿来他写的诗要我评价,因为他足够尊重我的意见,所以才会期待我的反馈。

上述都是事实,尽管你可能只能用到5%的反馈。这里需要修正一点:我说的5%仅适用于那些艺术硕士MFA的写作工坊。他们明显比我在高中时要成熟老练多了。在高中那时,我觉得从写作指导老师以及其他老师那里得来的反馈,我可以用到50%;而从朋友那里得来的反馈,我可以用到10%。当我毕业的时候,这两项数据就变为接近20%和5%。但是,听取和利用反馈意见来校订文章是一种艺术而不是科学技术,是很难量化处理的。我给出这些数据不过是想提醒你们:不要觉得所有的反馈同等重要,也不要盲目接受所有的反馈。

上大学之后,我发现评论别人的文章还能达到另一个目的:帮助我形成和表达自己的文学品位。

举个例子,我在大学参加一个小说写作工坊的时候,发现自己不太喜欢描写有关生活中琐碎细节的故事——例如,描写一个人在车里一边听着特蕾西·查普曼的歌,一边想着他多么不堪的生活。我喜欢有情节的故事,故事中会发生一些矛盾,而这些矛盾最终也能得到较好的解决,我沉迷于这样的情节设计。在学校的时候,我意外地发现并不是所有人都喜欢情节类的故事。有一些写作者,特别是那些喜欢看唐·德里罗或者豪尔赫·路易斯·博尔赫斯的作品的那些人,他们觉得对于一个严肃的作家而言,情节是最不需要关注的。情节类小说就好比"芝麻街"(幼儿教育电视节目),而语言才是小说中的高端艺术，就好比毕加索的画。关于这个争端，这里就不深入讨论了。其实，喜欢哪种小说不重要，重要的是学会怎样写出你喜欢的小说。你要知道自己喜欢什么、厌恶什么以及为什么喜欢或厌恶，因为这是学会怎样写出并写好你自己所喜爱的小说的关键。

给出以及接收大量的反馈意见让我明白了这些有关写作的深奥道理，也让我相信反馈的力量能够让我的写作变得更有价值。但是，请你千万不要觉得只有初出茅庐的新手才需要那些反馈。拿来你所钟爱的作家们的最新小说看看吧，只读"致谢"那一栏，你就会发现他们对那些读过初稿并给予反馈的人们的衷心感谢。

对了，这倒是提醒了我！千万不要忘记感谢你的读者们。他们可是在帮你一个大忙。对于我的那些读者们，在我有钱的时候，我会请他们吃饭；而在我没钱的时候，我就给他们做饭。而且我也乐意经常去读他们的作品。这是一个良性循环，而且好处多多。

5　修订文章

我在犹豫要不要向你坦白一件事。虽然在这里说这件事非常讽刺，但我觉得还是有必要告诉你：在写"修订文章"这一章的草稿的时候，我不得不完全抛弃初稿而重新写。虽然我在写初稿的时候就猜到这一章肯定不会是写得最好的，但是要抛弃它还是让我感到难过。我知道我这么做可能会有点矛盾，因为我不仅遵循了自己在"撰写草稿"那一章所提的建议，也没有遇到自我审查的问题。所以，这就很不幸地意味着：我在初稿里写了太多的陈词滥调，甚至表现得像个女学究一样指指点点。我说过，这不是我想要的结果！

然而，这并不是我第一次面临这种情况。我还曾抛弃过一整本小说的初稿，然后从零开始。但这并不是因为这部小说或者这一节的初稿没有好的内容。精雕细琢的语言、诙谐生动的对话以及鲜活深刻的人物形象一个不少。问题是，所有这些放到一起却没有收到好的效果，就好像呈现在眼前的是一棵棵繁茂的大树，却又无法成为一片完整的森林。

让我感到有点安慰的是：当我抛弃这么多素材的时候，它们还会保留在我的电脑里。我会原封不动地保存这些初稿，若用它来改写文章的话就建立一个新的文档。这样我就不会真的丢失它们，而我想从这些初稿中引用片段的话，也只需要复制和粘贴。在小规模的修订中，我也会采取类似的做法：当我修订的时候，我会创建一个命名为"剪切"的文档，然后把我非常喜欢但是又不太符合当前文章要求的句子保存下来。有时候，这些内容本身就是一篇完整的文章或者故事。

你可能已经察觉到了，我对修订的说明并不是关于校对的。校对包括检查文章中的拼写错误、语法错误以及风格是否统一的问题。这是你交稿或者向你的著作代理人寄出你的小说之前非常重要的最终环节。不过，它也只是最终环节而已。修订则比校对麻烦多了，它需要你认真听取朋友、专业人士以及你内心的"小作家"的所有反馈，听他们告诉你这个初稿是行不通的，以及你应该怎么去修改它。这是个非常艰辛而且痛苦的过程——我猜很多写作者之所以会抗拒修订，大概也是由于这个原因。

我也曾抗拒过修订。

就在我第三次参加艺术硕士写作工坊的时候，我的同伴们给我的最新文章的评价可以归结为一点："多展示，少叙述"。听到这些评论，当时站在教室前面的我都快疯掉了。我想要撕掉我的文章，大喊大叫一番。天知道我有多少次听到过这样的评价，大概从我上中学那时起，每年都有人这么评价！每年都有！

"我究竟在哪里叙述过头了？我感觉我处处都在展示啊！"我差点压制不住我的怒火。我用颤抖的手指紧紧攥着那几页文章，手心的汗已经将它们微微打湿。我能意识到我的话语中明显带着怒气，但是我不在乎，即使我经常努力让自己在讨论会上保持冷静。

这次讨论会的指导老师是我很钦佩的一位老师，她有着冷静的处事态度，经常提出非常实用的建议，对待学生也一视同仁。她向我解释说："好吧，我给你举个例子，在第三页那里，你一直在叙述为什么主人公处在困境中，却没有通过情节来展示他真正面临的困境。"

"但那只有两个段落而已，"我据理力争，"后面一页我就展示了情节啊。难道我就不能做一点点叙述么？"

在当时那个尴尬难堪的处境中，我并没有完全明白那位老师的话。其实"多展示，少叙述"这一评价让我抓狂的原因并不仅仅是因为我听到过太多次了，而且因为：（1）有很多作家都是叙述不比展示少，例如，菲利普·罗斯，那为什么我就不能这样做呢？（2）我觉得我展示的东西也不少。多年以来，我都在尽力解决这个"所谓"的问题。为什么我的同伴们就是看不到我努力的成果呢？

那次课后，老师私下邀请我一周后的某个早上去她最喜欢的早餐店喝咖啡。她在那次早饭后说的话远远比她在课上说的那些话要触动我。她耐心地听了我对于多次听到那个评价而感到的困惑——我觉得写作工坊的同伴们这么说纯粹是偏见，我的作品并没有得到公平对待。

然后，她很和蔼但坚决地说道："只要你叙述的故事能行得通，你当然可以想讲什么故事就讲什么故事。但你的同伴们认为你的讲述并没有你描绘的情景那么精彩。你可以写出惟妙惟肖的对话，当你文章中的人物在交谈的时候，我们是能够看到并听到他们的谈话。因为，我们想看到更多这样生动的情景。"

因此，这也就意味着：我的叙述是糟糕的——至少相对于菲利普·罗斯来说是这样，而我的展示比叙述要好。这并不是说我不能叙述，也根本没有一条"规定叙述比例"的准则，而只是说我更加擅长展示而已。所以，并不是我的同伴们没有理解我的作品，而是我没有理解他们真正想要告诉我什么。

老师的一席话让我深有感触，从来没有人像这样让我看清过这一点。

这并不是一个笑话。我真的很尊重我的老师，而且我实在是听到太多次类似的评价，所以它最终给我留下了深刻的印象。我并不需要听从同伴们告诉我的每一个建议（请回想上一节我提过的 5% 原则），但是，对于这个问题，我必须认真对待。

搞清楚这个问题后，我终于能够撸起袖子专心修订我的作品了。而且，不仅仅是我写这一篇作品因此受益，我的整体写作水平都因此而提高了。也就是在那个时候，我明白了有效的修订都是从尊重和认清模式开始的。有时候，不论那些反馈有多么的令人沮丧甚至令人发狂，但如果很多人都这么评价的话，那么，这就是种模式。如果真的是一个模式，或者是一个你非常尊敬的人给的建议，你就要考虑是不是要接受这个建议，并把它运用到你的写作中。

我希望我能列举出所有你可能会听到的评论，然后告诉你应该怎样去处理它们。但是我不能这么做，因为方法是因人而异的，或许你自己的处理方式比我的方法还要好。而且，记得我说过，我写这本书的目的是帮助你在写作之路上能走得更远。因此，当你在接受以及应用反馈意见遇到困难的时候，让你知道你不是孤单一人会更有帮助。是的，你不是孤军作战，也不是只有我陪伴着你，我们有很多很多志同道合的伙伴。或许某天，我会邀请你参加我的派对。那你一定会听到我的某一个朋友抱怨最终他是怎样把主人公写得不那么消极，然而另一个朋友又是怎样迫不得已在一部原本很协调的三章小说上硬生生地加上第四部分，又或者某位剧作家朋友又是怎样迫不得已舍弃并重写一部剧本中的某些诗篇。这都是因为他们听取了自己所敬重的人的反馈，而这些反馈形成了一种问题聚集模式，使得他们无法忽略它的存在。

好消息是，现在我的小说里不再有那么多的叙述了。在小说中，我设下一个接一个的情景，每个情景都充满着对话和情节。这些情景就像是火车运行的轨道，一段接着一段。然而，这种写作方式对我来说是困难的。我的习惯是倾向于叙述的，而且，有时候我还是会叙述。但是，我现在更加老练，更能意识到我什么时候是在叙述。而对于我写作中的其他一些关键弱点，也是如此。在写初稿的时候，我就把这些弱点扼杀在摇篮里并调整好一切。

没有成千上万页的修订经验，我在写初稿时就不可能体会到这种程度的自我意识感。而且，我偶尔还必须要做一些大的改动——就像这一章——因为我在写作中时不时会遇到一些新的问题。这就是为什么写作者们喜欢称"修订"为一个过程。它是个不断演变的过程，不然的话，修订会令人非常厌烦。

现在，当我想要叙述的时候，我就写议论文。在这种文章中，叙述是受欢迎的，人们甚至很期待叙述。相比小说而言，在这种文章中，我的叙述风格会使我更加有优势。研究如何写议论文也是提高我写作能力的重要方式。当然，我为学校、报刊以及演讲队都写过议论文。但是作为创意作家，我的非虚构类作品还是不太多。就算是这样，在我的文章中还是有很多叙述！因为我感觉总要在某些地方叙述出来，然后我就这么做了。

到此为止，我有没有让你觉得想深吸一口气，然后回去面对老师说的那个需要减少两个角色而多一点对话的故事呢？

还是没这种感觉吗？

好吧，那我就要冒着表现得像一位学究的危险来说了。因为我感觉再不分享一点关于修订的残酷事实，那我前面说的话都是在帮倒忙了。

在我读大学的时候，我经常听到人们吹嘘自己在前一晚花两个小时写的文章是如何拿到高分的。在我读艺术硕士的那几年，如果说我每次听到类似下面的对话就能得到一分钱的话，我现在应该已经很富有了：

> "我不敢相信大家这么喜欢这篇文章，"一个写作者在写作工坊讨论会上谈论她的初稿时说道，"我几乎都没怎么在那上面花时间呢。"

> "是啊，"另一个人附和说，"我也经常遇到这种情况。我辛辛苦苦花了很多时间修改或重写的东西经常拿到差评。然而，我课前匆匆忙忙赶出来的东西却受到表扬。"

> "对呀，我也是！"又一个人说。

这些对话，以及那些截稿日期前一晚就能匆匆赶出高分作文的天才作家们，都在试图说服写作者们没有必要去修改作品，而初稿在某种程度上是神圣而不能修改的。

但是在初稿被称赞的同时，我在那些课堂上也听到了很多随之而来的建议。或许，参加写作工坊的同伴们给你初稿的好评要多过差评（在通常情况下都是差评要多过好评），但是，那个初稿也不太可能是完美的，它还是需要修订。

我结识了很多作家，其中有一些正准备发表著作的认真的作家，他们从不会肤浅地看待写作工坊同伴们的称赞以及作品所得到的高分。回到家，他们依然会一遍一遍地修改自己的作品。有时候，他们甚至会抛弃掉大家都称赞的那一节，因为他们写着写着，发现那一节内容虽然精彩，但是却偏题了。我那个发表过作品的小说家朋友，那个我曾在本书第 1 章 "撰写草稿" 中提到的呼吁打草稿的重要性的朋友，也承认自己在修改过程中做了很多重要的工作，甚至 "花费了几年的工夫来修改终稿"。由此看来，草稿的重要性并不能从本质上抹杀修订的关键性。

对于为什么有很多人在前一晚能赶出高分作文的原因，在这里我也有一种解释："作家" 总是比他那些不自诩为作家的同伴们要更精通于语法和基础文学分析。因为在空闲的时间，他的那些同伴们根本不会像他那样静静地坐下来推敲自己的文字。打个比方，因为一直处在较好的体能状态下，参加游泳队的人很可能比非运动员更会踢足球。同样，在课堂上，所有人都上交初稿的话，"作家" 的初稿就更有可能拿到高分。然而，高分并不代表他们的初稿就是精妙文章与睿智思想的标杆。

很抱歉，让你看到了这个残酷的事实。

当然，有些时候，你真的就在写初稿时一下正中了"目标"。我猜那可能是因为在你正式组织语言之前，那个故事就在你的脑子里萦绕了很长一段时间了。让人高兴的是，你越多地练习写作以及写作手法，你就越有可能在不更改初稿的情况下收到好的结果。如今，我的初稿比我在高中的时候甚至是十年后我读艺术硕士期间的初稿都要好得多。多年来收到的反馈以及修订工作让我看到了我初稿中经常出现的那些弱点，因而，我也就能够有意识地去避免它们。

比方说：多展示，少叙述！

现在，你明白了吗？好的，终于明白了。

6 看电视剧

在我读中学的时候，我和妈妈每个下午都会一起盘腿坐在沙发上看《另一个世界》（*Another World*）。是的，这是一部肥皂剧，是一部长期播映（《另一个世界》从 1964 年开始播出了 35 年），供无数大人们消磨人生中大部分时间的电视连续剧之一。

像很多妇女一样，在我和弟弟很小的时候，妈妈就迷上《另一个世界》这部剧集了，下午这一小时的消遣使她不用花太多精力就可以得到放松，而这也正是她需要的。我直到六年级的暑假才开始看这部连续剧（大概是这个时间，因为我也不太记得是从什么时候开始追这部剧，而且我妈妈大概也是在我大一点的时候才让我看这么庸俗的电视节目），但是，我清楚地记得，在我很小的时候就瞥见过爸妈卧室里的电视在播这个剧，而且也听过妈妈和她的朋友们聊过剧中人物的命运。夏天的时候她们在各种泳池边聊，而冬天就在厨房里聊：杰克会不会背着玛丽和维姬有一腿？卡尔·哈钦斯会不会起死回生？洛娜到底是谁的女儿？

也许是因为放假了或者是在课外活动时间，我们看的是这部电视剧的首播，那些夏日的午后时光至今我都历历在目。这部剧是在下午1点的时候播出，因此我们常常会把中饭拖到那个时候吃，从而能够躺在沙发里边看边吃。在节目开始之前，我们先在厨房里准备三明治，一边兴奋地猜测今天的剧情里会有什么事发生，一边享受着芥末面包。对我来说，这就是慵懒的夏日午后该有的样子：一边吃着美味的食物，一边沉浸在《另一个世界》里。

上学的时候，也就是妈妈要教书而我要上课的时候，她就会把节目录下来。这样，我们就能在晚些时候补看回来。我们经常是从下午4点左右开始看。那个时候，我差不多刚写完作业或者刚从俱乐部聚会回来，而她暂时也不用准备晚餐。我们一起坐在沙发上，身体缩在毯子下看这部电视剧，不知不觉太阳就下山了，暮色也笼罩起来。老爸总嘲笑我们不该沉迷于这种肥皂剧。可是后来，在安妮·海切开始扮演一对双胞胎——善良的玛丽和邪恶的维多利亚——的时候，他居然也和我们一起看起来。因此，我们又得等到晚餐后才能和爸爸一起来看这部电视剧。也因为老爸同样没能抵住肥皂剧的诱惑，在之后的几个星期里，他一直都是我和妈妈的笑料。不过，我不得不承认：他的说辞——安妮·海切是个一流的女演员——真是个高明的挡箭牌，因为安妮确确实实是当红明星，在荧屏上演绎了很多精彩角色。

现在，有很多人会告诉你，这种低俗的娱乐方式已经不再适应大众需求，更别说适应那些有远大抱负的作家的写作视野了。

但他们大错特错了，我的观点恰恰与他们相反：有关小说创作的知识，我从《另一个世界》这部剧中学到的绝不比读任何小说学到的少。

部分原因是这部剧很早就开始对我有影响了。那时候，我还不了解成为作家意味着什么，也不知道在纽约的办公室里还有作家编写剧本，而剧中的人物并不是另一个现实世界中真实的人，因为他们会每天闯入我的电视屏幕，以至于我能够看到他们或刺激或隐秘的人生。

下面列出一些《另一个世界》教给我的有关小说创作的事情，顺序不分先后：

1. 人物是很重要的。你需要靠人物来吸引你的观众。

2. 你有一批观众，因此你要取悦他们。（你是你自己的第一位观众，你的创作取悦你自己了吗?）

3. 回到人物这一点：有时候，最吸引人的、你最想要和她一起疯的人物可能是那个邪恶的人物而不是善良的双胞胎人物。

4. 在伤感的时刻出现一点点幽默会很不一样。

5. 背景设置很重要。比如 8 月的时候，有两个醉汉在波光粼粼的蓝色泳池里游泳；或者有两个年龄大点的人物在冬天时匆匆赶去欧洲；又或者你心爱的女主角在起火的房子里期冀着王子的出现……关键是，你一定要让你的背景设置得引人入胜且激动人心。

6. 每个人都喜欢看的事件有：举办婚礼、谋财害命、人物起死回生或者其他类似的大事件。

7. 分享故事和独自享受故事的乐趣一样多，或者有可能会更多。作者很希望观众们能够谈论他们的作品。

8. 能够每天都和喜爱的角色待在一起的感觉很棒，而当他们消失一段时间，以至于你想要得到有关他们更多的内容时，那感觉会更令人迫不及待。

9. 把握好节奏很重要。要让你的观众们等待一阵，但也不要等太久，不然他们会失去兴趣。

10. 看到某个人物遭遇不幸，绝对比看到她悠然自得地在夕阳下闲逛要有趣多了。

你会发现，这个列表里并没有涉及相关写作手法上更细节的描述，也没有关于文章的大概念。对，就是这样。那些我在小说中能学到的东西，这里都没有。但是，这还是抹杀不了我从这部剧中学到了很多东西的事实。

在最初的时候，我想成为作家的想法可能就源于这部电视剧。我曾经就想写点能够像这部剧一样吸引我的作品。在这部电视剧中，我最喜爱的角色之一是披着羽毛围巾、打扮艳丽的小说家费利西亚·加伦特。平日里，除了忙于购置一大堆衣物以及举办盛大的派对之外，她都会坐在打字机前，创作当下最畅销的浪漫爱情小说，以此赚取薪资来支付那些衣物和派对的开销。当然，还有她最要好的朋友——帅气的花花公子卡斯·温思罗普，也是我最喜爱的角色之一，因为他有着黝黑而俊朗的面容，以及玩世不恭的表情（在我生活的地方听不到太多温文尔雅的幽默俏皮话，因此，这部剧中每次出现这种幽默俏皮话我都会记录下来）。

说到幽默，当我停止追《另一个世界》的时候，其实我还尝试过写电视连续剧的剧本。但不是太成功，所以我就不多透露细节了，我只想告诉你，在写剧本的过程中我才发现它是有多么困难。整个创作过程会涉及很多分支机构，以及各个创作团队（许多电视节目都是这样运作的）：规模最小但可能是报酬最高的中央机构会讨论出故事主线。然后，他们把故事大纲给下一层级的机构，由他们继续构思：在每周以及每天中各个角色身上将会发生什么。最终，这些人才会把所有信息交给下面的人去写出人物的日常对话。哇！有谁能想到写作会是这么复杂的团队工作呢？（事实证明，很多写作都需要团队的努力——参见"团队努力"一章。）

当然，最后创作出的作品就像电视剧一样，每天都要出品。每天都要出版！对于某些作家来说，这是他们的梦想；而对于另一些作家来说，这却是一场噩梦。我的意思是，你能想象每天都如此精彩吗？反正我不能，事实上，我现在就觉得必须马上去睡觉了。

然而，我说这些并不是告诉你应该去找一部电视剧来看。而是说，你应该找到一种除了阅读之外你喜爱的讲故事的作品形式，然后去研究它。你应该问自己以下问题：这种形式的作品是如何运作的？你又为什么会喜爱它？你要从中获取一些知识，然后想方设法地把这些内容运用到你的写作中。我们的青年评论网的罗德丝·柯齐格瑞恩就在她的博客中表明了一个类似的观点："电影＝写作培训学校"。在该博文中，她讨论了几部帮助她更好地写作的片子，并且说那些知识都是书中从没有教过她的。

电视剧确实是个每天教你讲故事和描述人物的好平台。《迷失》（*Lost*）、《欢乐合唱团》（*Glee*）、《广告狂人》（*Mad Men*）、《黑道家族》（*The Sopranos*）、《绝命毒师》（*Breaking Bad*）等就是其中很好的例子（这样的例子还有很多），它们也渐渐取代了《另一个世界》在我日常生活中的位置（再者，与现在很多电视剧和网络剧的命运一样，《另一个世界》在 1999 年停播了）。

然而，看那些备受称赞的黄金时段的电视节目，并不会教你如何讲故事这重要的一课，而只会教你如何成为写作者：怎么保持你的品位。很多人，包括我老爸，他们都对我看电视剧感到不满，因为电视剧一直被认为是给家庭主妇的消遣。

但是，谁能说家庭主妇就没有品位呢？小说的畅销与否就是靠她们来支撑的，因此，请别批评家庭主妇。

"家庭主妇的消遣"以及"打发无聊"这些词也使一些极好的作品类型受到了无理的责难。喜欢科幻小说吗？那就写一部！每种文学类型都将有很多伟大的作品诞生。你能相信还有一些人把青年作家的成功看成昙花一现吗？这真是大错特错啊！举出十个青年作家来，证明他们绝对是错了。

哦，是的，电视剧里总是有很多耸人听闻且荒谬的、不真实的情节。他们把魁伟性感的男子具体化了，还颂扬暴力，宽恕通奸行为。但是，他们仍旧能在几十年里的每一天都对观众们有着挥之不去的魔力。

如果你想成为一位作家的话，最好训练自己去抵御满世界的批评者——因为事实上每个人都是批评者——直到你能够勇敢地向人们展示你的作品！对我来说，维护《另一个世界》比维护我自己的作品要相对容易些。现在的情况依然如此，因为从各个方面看，维护自己的作品有时候就像是维护我自己。我很庆幸，在受到个人非难之前，我已经得到了这方面的训练。

还有，如果有人想要劝说你改变品位的话，你就问问他们的评判标准！

7　迎合之错

在我上高二的时候，我犯了作家生涯中第一个真正的大错。我说"真正的大错"，是指它导致了一些不好的结果。那个时候，我是圣玛丽高中校刊（刊名 *Kettle*）的助理编辑。我从高一开始就一直努力，才得到了这个职位。在我任职之前，从没有新生在报刊部担任过这种正式的职位。当然，我可以向前辈编辑们卑躬屈膝，以求能写一两篇文章，但是想靠这样成为编辑中的一员是绝对不可能的。这让我又生气又担忧：我怎样才能从所有的新生中脱颖而出呢？（我错误地猜测所有人都想和我竞争，以便能够在报刊部担任个一官半职。）我怎样才能显示我很特别呢？

我知道自己还只是新生，现在才刚刚 9 月。我除了无来由地感到自己特殊之外，也感觉自己是一个庞大得让人生畏的高中学校里渺小的一员。而且，圣玛丽高中对于我这种新人来说是个全新的环境，这让我的压力又大了一些。我是从公立学校转学到这所私立学校的，我七年级认识的那些八年级学生们没有一个在这所学校读书，因此，我又少了一些支持者来帮我。我感到异常地孤独和渺小。

这些矛盾的情绪在我的体内不安地窜动着——我的特殊感、恐惧感以及不公平感（对于因我是一个新生而不能任职校刊部这一点）。一次晚餐的时候，我闷闷不乐地坐着，爸妈套出了我不开心是因为想就职报刊部这个难题。

爸爸的反应大概是说："你不会因为这些就放弃吧？会吗？"

我几乎是滑稽地转了转眼珠，吞吞吐吐地说："我可能不得不放弃了。"

然而，他并没有就此作罢。"克莉，你抱着这种态度就什么事也做不成。"他说。然后他给我讲了他读高中时候的一个小男孩的故事——可能是叫乔的一个男孩——他是校史上第一位成功加入校足球队的新生（我爸爸是球队里的中锋）。乔是这么做的：某个星期六，乔在训练开始半小时前就来到了训练场地。乔首先把他妈妈做的蛋糕送给教练，然后又向教练展示他能跑得多快、能把球踢得多远。爸爸总是有很多这样的故事。

我确信那个时候我是故意回复得那么愚蠢，因为爸爸的明察秋毫缓解了我紧张的心情，但又惹恼了我。因此，我回答说："你是想让我给报刊编辑部的老师也做个蛋糕吗？"

这时候，我爸就知道他猜得没错，因此，他没有因为我的蛮横无理而生气。他只是笑了笑，说："呃，通常情况下，蛋糕是有帮助，但我的意思是你可以找个方法让他知道你是特别的。"

"但是，这要怎么做呢？"我哭诉着。

这时，妈妈站在老师的角度想了想，插嘴说："你能不能为校刊做一些他们还没有做过的事？"

我思考了一下，回答说不知道。

但是我已经明白了爸妈的意思。

不知道是谁——是我还是爸妈——最终想到了一个有用的点子。我们发现校刊上还没有关于音乐和电影的评论专栏！我很爱看电影，而且，我对音乐也略知一二，还会吹长笛和弹钢琴。因此，我打算成为校刊的艺术编辑！

你能想到吗？最后我成功了。

当这个想法已大致成形后，我写了一篇样稿，然后鼓足勇气把这个想法告诉了校刊的编辑老师。那个学年，他和编辑组的成员们讨论了这件事，最后他们同意了。

此外，我很自豪地说，那个专栏一直为那些有抱负的新生写作者们留有一席之地，其影响一直延续到我毕业后的许多年。如今，我从校刊网站上匆匆一瞥，发现那个职位居然还在，只不过改名为"艺术/诗歌编辑"。我仍旧希望担任着这个职位的是个活泼上进的新生。

前面所有的长篇大论都只是为了说明一点：为什么校刊编辑对我有如此重大的意义。在我读高二的时候，虽然我还没有当上主编（不过到下一年我就会是主编了），我已经感觉到校刊在某种程度上留下了我的印记。从我还是新生的时候起，我就开始帮忙经营和改革校刊了，这让我感到很骄傲。

然后当我成为校刊主编的时候，有一天，校刊的指导老师——现在也是我最爱的老师之一——把我拉到一边，问我有没有兴趣为校刊写点东西。

我感到自己很受重视——一位老师亲自邀请我为他和这个学校做

点事情——因此我仔细地听了他的想法。

他说的是关于加州试行的教育券制度的问题。大致说来，我校作为私人机构是很支持教育券制度的，并认为教育券制度能让更多不同群体的学生得以进入同一所学校。当然，教育券制度本身不是这里要说的重点，我将不会深入探讨它。重要的是，我被邀请为校刊写点东西，而且我也知道学校的立场是怎样的。

没有人告诉过我，我是要写支持还是反对教育券的内容。当时，我的老师——一位坚信人权平等、鼓励学生独立思考的老师；一位当我写了一篇严厉批评科威特战争的稿件，且因此失去一些朋友的时候，给予我坚决支持的老师——建议我，如果我乐意的话，可以写一篇关于这个问题的纯新闻而不是社论。

但是，我那次仍旧是带着不安的心情离开的。我是被大家称为"乖乖女"的那类女孩，成绩优秀，真心地喜欢我的老师们，也希望老师们能喜欢我。此外，我还很善于讨好他人，知道对教育券持何种态度能够让学校的大多数人满意。而且，在当时，我也并没有对教育券问题有什么强硬的观点，因此，又有谁会在意我写什么呢？

那时候，我还无法用谷歌搜索到教育券制度的相关信息，因而，我只能读一些宣传册。然后我又和父母讨论了教育券这个有争议的问题，以及我应该写些什么。但是，正因为是我的父母，他们只能告诉我：我认为怎么好就怎么做。

难就难在，"好"在这个问题上可以有多种解释。其一，我去逢迎人们的意愿；其二，我深入探讨教育券制度，深思熟虑后再决定我支持什么观点，然后就写那个观点；其三，告诉我的老师我根本不太想写有关教育券的问题，然后找更年轻、更关心政治的编辑们来做这件事。

现在想想，我发现当时我完全可以写任何我想写的东西，我爱的老师们不会有谁因此就对我有不好的印象。他们当然也没有因为那篇有关科威特战争的文章就看不起我，然而，我知道他们中有很多人是支持科威特战争的，他们必定觉得我犯了个严重的错误。其实，那个时候，我曾怀疑过，我是不是可以写我对于教育券制度的真实看法。但我又有个困惑：一个好学生，不就是应该要做老师和学校都想让你做的事吗？

我又是个"焦虑症患者"。因此，我对这个问题很是担忧。我写那篇文章之前就开始担忧，写的时候还在担忧，上交稿件之后也还是如此。而且我知道，这篇文章并没有写出我的真实感受。

终于有一次，在走廊里，我得到最爱的几位老师的赞扬，这时我的焦虑感才稍稍减轻。他们告诉我，他们很喜欢我写的那篇文章，而且说那是迄今为止校刊发表的非常重大的议题之一。

但是不久后，我又开始焦虑了。因为比我小两岁的我最好的朋友——他比我更加信奉自由主义，而且更关心政治——开始质问我："你真的像你文章中写的那样想吗？"

"是的，"我回答，然后就转移了话题。

因为我知道，我并没有深入地调查和了解教育券制度。我还隐约地知道，如果我做了调查，可能就会忍不住写出反对这一制度的文章。那个时候，我觉得我是茫茫红色海洋中的一个蓝点，而所有赞成教育券制度的人群就是那红色海洋。

　　我有渴望被所有人喜爱的强烈虚荣心，而作家的身份又需要我去写自己的真实想法。最终，我向前者屈服了，这一直使我羞愧不已。

　　终于，那种强烈的羞愧感消退下来。但是，在我的脑子里，它余烬未灭，每当我想写一些逢迎人们而非忠于自己内心的文章的时候，它们就会立刻死灰复燃。

　　实际上，我现在依旧感到有点羞愧，能这么向你坦白，对我而言，可不是件容易的事。

　　因为二十年前这件看似微小的事，我长期处在羞愧中，而这一课也深深地印在我的心上。因此，你可能觉得我不会再犯同样的错误了。

　　如果你真这么想，那你就错了。

　　后来，我又屡次犯了类似的错误。但是，我没有一次感到过羞愧——而且，我很骄傲地说，那之后，我再也没有写过违背内心的东西。我只是写了一些别人认为我应该写的东西而已，被说服去写一些我本不打算写的东西还是在我的容忍范围内的。

　　就拿那部悬疑小说来说吧。我那时从没打算写一部、甚至都没有读过这类小说。我只是在一些场合偶尔看到过"文学悬疑"之类的作品，但我并不是你们所谓的悬疑小说迷——那些不断买小说，支撑着出版印刷业运营的疯狂读者们。

　　那是我和迈克的第一次约会，那时的我正走在我写作生涯的一个十字路口。在我不知所措之际，迈克说服了我去看 PBS 电视台播出的英国悬疑故事。我那时刚刚完成了艺术硕士的毕业论文，里面包括一部中篇和几个短篇小说，然而，所有这些都很难在文学杂志上发表。迈克和我经常讨论着下一步我应该写什么有趣又能卖得出去的东西。他建议我写悬疑小说。毕竟，我很喜欢看 PBS 电视台播的那些悬疑故事。

当时我很喜欢这个点子。实际上，我是相当喜欢它。在他提这个建议前一周，我从没想过要写一部悬疑小说。因此，当我发现我能很快地在脑子里构思出一位主角以及小说的故事主线的时候，我自己都感到震惊。我的主角名叫茱莉亚·布莱克威尔，她已经准备好迎接一系列的悬疑案件了。我这样构思着：她是一位英国教授，刚刚成为寡妇，她的特长是根据对比某部文学作品就能解开某个谜案。我打算模仿我最喜欢的小说《了不起的盖茨比》开始创作。

我兴致勃勃地开始写这部小说。首先，我通过阅读各个类型的悬疑小说来学习他们的写作手法，迈克和我也开始看更多的英国悬疑电视节目。我刚写这部小说的时候，就已经感到对茱莉亚及其所遇困境描绘的得心应手。但是，最终我还是抛弃了这部小说的初稿——我曾高高兴兴地写了六个月，又辛辛苦苦地修改了三个月的小说，就这么被我放弃了。当我把初稿给我最要好的作家朋友们阅读时，我得到了许多类似的反馈：角色塑造得很不错，可是情节行不通。

好吧，我自己也曾怀疑过这一点。我还在学习如何写悬疑小说，怎么能希望第一次的尝试就会成功呢？因此，我打算再给自己一次机会。

做了个深呼吸后，我重新开始。虽然我还是用了相同的女主角，以及《了不起的盖茨比》等文学作品来作对比，但是，我构思了很多不一样的人物和故事情节。

当然，正是这篇小说让我有了自己的代理人。

那么，为什么这一章的标题说这是个错误呢？

那是因为，并不是所有的错误都是坏的。

并不是所有的错误完全就是个错误。这里的"错误"就在于我这部小说的初稿中——我努力去写一部书，一部标准的悬疑小说，但这并不是我的本意。当我把自己束缚于这样一个困境——一定要努力去构思出这部悬疑小说的框架的时候，我就知道这是个错误了。而且，我最终也没有成功。

因此，这第一次的尝试是个错误。

但是第二次、第三次以及第四次的草稿就不是错误了，虽然最终这个小说并不是一部标准的悬疑小说，我的代理人却很喜欢它，这令我很开心。不过，处理我这本书的编辑们看不懂这是本什么书。因为，它既不完全是一部主流的悬疑小说，也不是一部文学上能称得上独立的小说。

那这又是不是一个错误呢？

我并不这样觉得。当然这并不是因为这本书让我因此有了代理人才这么说。

写那些草稿和看电视剧一样，它们都让我了解了很多有关写作的知识。甚至在我尝试套入我所认为的悬疑小说作品模式的时候，我也了解到了节奏以及精心布局的好处，而这两个写作因素却是我之前没有给予过太多关注的。抛弃第一次初稿除了教会我要适应改变以外，也教会我要怎样去写一部成熟完整的小说。在我写第一部和第二部小说时，因为有时故事进展不顺，又或者因为一些快把我脑子塞爆的情节、人物、反馈等问题，我也曾短暂放弃过要继续写下去（这又是另一种错误了）。而我绝对不会让这种事再发生，我也确实没有再犯。

这绝对不是个错误。

8 另辟蹊径

在斯科特·威斯特菲尔德独特的吸血鬼小说《最后的日子》（Last Days）中，青年音乐家珍珠总是使用"另类"这个词来形容她所喜欢的思想和音乐，就如她说："这是什么音乐？噢，原来是这个另类的新乐队。"她的意思是，令人惊奇的好的艺术总是由艺术家们从与众不同的角度来发掘的。通常人们希望你从正面来思考你的作品，这个方法非常适用于学校论文，你可以回答一个问题或者快速地用事实来支持你的观点。但是，对于创意写作来说，我发现另辟蹊径能达到更好的效果。这是因为，这个方法可以让你创作出最令人称奇、最引人入胜的作品。

在这里，我不会另辟蹊径，而是打算从最广为人知的角度，直接列举我最近欣赏的一些"非另类"的作品来做例子。然后，我再告诉你另辟蹊径的方法是如何影响着我们漫长的写作生涯的。是的，这一章会有点"剧透"其他书的内容。但只有一点点，我保证我所讨论的这些书内容丰富、情节复杂，就算你可以从我不得不提到的一些内容中知道一点儿故事的结局，它们依然非常值得你一读。

另辟蹊径的写作方法有很多种。在情节方面，很少有书能超过利巴·布雷的《逐渐牛化》（*Going Bovine*）——2010 年获得由美国文学协会颁发的普利策文学奖——这算得上是很好的例子。难道布雷只是某天早上心血来潮，喝着咖啡就突然说"我打算写一部宏伟的青年文学著作。它讲述的是一个 16 岁就染上疯牛病的抽大麻的失败者卡梅伦的故事"？不仅如此，在那个心酸唯美的故事结局中，她还用她高超的技艺，魔幻般地诱使我们爱上了这个卡梅伦以及他的一切。

在这里，另类元素就是：疯牛病！当然还有滑稽又病态的小矮人贡佐，以及认为自己是维京神巴尔德并不断吹嘘的花园守护者，还有那名为达尔西的天使以及远游终结之旅。而且，还没等我弄明白这书中所有荒诞古怪的角色们都干了些什么的时候，他们就已然消失不见。我想这本书大概是以《堂吉诃德》为原型的，但这一点也不影响它的另类特征。在很多方面，二者相似之处反而更加体现了它的另类。

我私下并不认识布雷，虽然我很希望有天能和她见个面，那样我就可以向她请教一下她怎么写的这本书。但是，幸好我没有因为要写这一章内容而去结识她，因为如果我这样做了，那我就会直接问她到底是如何构思出这个故事以及她另类思维的秘密了，但事情并不是这么简单。事实上，就算是作者，有时也不了解自己最伟大作品的秘诀所在。正如米兰·昆德拉在他博学但实用的著作《小说的艺术》中所说："小说家不仅不是任何人的代言人，我还敢说，他甚至不是自己思想的代言人……因为伟大的小说总是比它们的作者还要睿智。"

《逐渐牛化》这本书是如此充满另类思想，以至于我能想到它得以存在的唯一解释就是：利巴·布雷放任她的想象力自由驰骋。

但是，实际上要做到这一点，可比想象的要难太多。

曾经，一些知名作家（如 20 世纪 50 年代时"垮掉的一代"）以及油画家（如超现实主义画家）经常感到需要依靠毒品才能使他们的想象力处在高度兴奋的状态。然而，在后哈利·波特时代，我们现在知道，作家们并不需要依靠毒品来使自己的想象力得以天马行空般地翱翔。

当然，并不是我们每个人都要像布雷那样努力去写"另类"的作品。那会使人精疲力竭的。我反而认为，当我们想坐下来写这类作品的时候，就应该知道自己有能力去写好它。那到底如何才能进入"另类"式思维的头脑空间呢？我真希望我能给你们一些建议。然而，所有的写作思维都是没有既定公式的。我能肯定地告诉你，我不会去写《逐渐牛化》这类书的原因之一就是自我反思。因为在我的头脑中，自我反思时那讨厌的声音总会说"这很愚蠢"，又或者说"只有你会关心那些事"，又或者"疯牛病？怎么？你以为现在还是 1997 年吗？"。

因此，我如果想要像布雷那样有着"另类"式思维的话，我就必须拿口套来封住自我反思的"思绪"。

这真是异想天开！

我恐怕得需要狮子嘴那么大的口套吧！

有时候，另辟蹊径的写作也可以更安静、更学术一点。例如詹妮弗·唐纳利所写的获得过普利策图书奖的《北方的光》（*A Northern Light*）、《革命》（*Revolution*）以及一些专门为成人所写的历史小说。《革命》这部小说的内容极其丰富，跨越了两个时代的背景（一个是当代的巴黎和纽约，一个是 18 世纪的巴黎）。全书讲的是一个音乐天才少女通过在巴黎的一个时光隧道穿越到两百年前的故事。当然，除此之外，故事里还有失意的法国国王、城市战争的爆发以及一个小女孩的初恋。然而，这个故事的另类之处就在于它对历史、地理以及人性描写的巧妙处理。

出于对昆德拉的尊重，以下有关写作过程的某些事是写作者们应该知道的。青年评论网曾经采访了唐纳利，她也曾提到过她写这些小说的缘由："有些东西就是抓着我不放，"她说，"例如《革命》这本书，首先是《纽约时报》上的一篇文章呈现给我一颗处在玻璃罐里干涸的心，它激起了我内心强烈的情感，让我感到唯有通过故事才能使其得以抒发。"唐纳利就好像是把那干涸的心放在玻璃罐中，然后用她的文字来浇灌它，又从侧面突然拿走它。

在写作的过程中，我并不擅长语言文字的字斟句酌，我更擅长架构情节和设计人物。这当然是好事，如果我更善于分析语言的话，这一章将会充满着许许多多另类的例子。例如萨曼莎·舒茨、特拉·埃朗·麦克沃伊以及桑娅·索恩的诗文小说，也就是那些全部由诗歌组成的小说。你应该能想象，一直谈论那些裹着文绉绉语言的"伪"小说作品有多么乏味。反正，不论我的想象力如何发挥，我都不会这样做。

即使在我写下一部小说之前，我的大脑对于"禁止发表的言论"的遐想会停止一段时间，我还是对给自我反思安个"禁言"作为解放想象力的唯一办法颇为不满。

以下另一种"另类"作品的例子可能会对我们更有帮助。

我在上创意写作课时最喜欢布置的作业之一，就是从戴维·洛奇的作品中抽出一些内容来，让学生们根据提示写作。在他的小说《思考》（Thinks）中，有一位创意写作教授，她让学生们想象自己是蝙蝠，然后以蝙蝠的视角，但是从一位名作家的口吻来写一篇短文（如果你想知道她为什么想到蝙蝠的话，我极力推荐你去看看这部小说）。

在该小说中，戴维·洛奇编了许多学生们因为这个作业而写的滑稽可笑的文章。当然，这些文章都以埃文·威尔什、马丁·艾米斯以及塞缪尔·贝克特等人的口吻来叙述。这让我想到，我在课堂上也可以使用类似的方法。在我看来，这个作业就是要让学生们思考不同角度的角色及其观点，了解如何去塑造一篇文章，以及为什么视角与观点既有重合的地方，又是两个不同的概念。我认为洛奇布置的这个作业奇就奇在：它迫使作者抛开自己的人性，而把视角和观点孤立出来作为写作训练。

我在课堂上听了学生们念自己的文章，发现这个作业除了向我们展示独特视角和观点以外，还带给我们很多其他的收获。为了向洛奇致敬，我举个他书中的例子，或许你可以拿来借鉴一下：

> 选一本别具风格的作家所写的书或小说（即选定"视角"），并复印出你所选定作为例子的那一两页，注意要标明出处（即著者以及书名）。
>
> 然后，想象你是一条狗（我不是开玩笑）。用你所选定的那个角色，站在一条狗的视角写一篇 500～750 字的短文。这篇短文不需要是完整的故事，你可以想写什么内容就写什么内容，只要你是以选定的角度站在一条狗的立场阐述就行。

在课堂上，对于这种短小又不评分的作业，我一般会请那些自告奋勇的学生大声朗读他们的文章，然后由其他学生来给出评价。然而这一次，学生们表现得异常积极，他们都无比渴望与大家分享他们"作为"一条狗的故事。

毋庸置疑，这些关于狗的文章把个别作家的风格发挥得淋漓尽致，时而真诚得让人心碎，时而滑稽得让人捧腹（虽然我的学生都是初学者，但他们写的这些短文确实与洛奇在书中编的那些不相上下）。完全不费吹灰之力，这个作业在该学期激发了很多学生最优秀、最"另类"的作品。我猜想，班上的每个人都读过他们的文章了，因为时间的关系，我还不得不从后面的课中挤出了时间，这样才能保证所有想在课堂上朗读他们作品的学生都有机会。

那为什么学生们会如此积极呢？

我写了一封电子邮件给我的两个学生——他们现在已经是青年评论网的职员——来询问缘由。但是在我等待回信的期间，我心中的写作思维认为我自己也该深思一下这个问题。

我猜这大概是因为这个作业本身带有一点"另类"特点。当然，这都多亏了洛奇的功劳。同时，这个作业也非常具有挑战性，它迫使学生们远离自己擅长的领域，要求他们不能站在第一人称或其他熟悉的视角，而必须抛弃所有的人称，并完全把自己当做自己所选的狮子狗/雪纳瑞狗/达克斯猎狗/猎犬中的一种。另外，学生们还得要适应其他作家的口吻，然后在一个狗的身上体现这种口吻。讽刺的是，虽然这个作业给他们的写作设下这么多限制条件，但这些限制条件反过来却把他们带到一个激发他们无限创造力的想象空间。

　　之后，从我学生那里收到的回信也证实了我上面的话。另外，他们两个人都觉得当把自己想象成狗的时候，他们很难认真对待他们自己以及他们的写作。而且，他们不能把任何事都认为是理所当然的——他们本身并不是狗，因此他们必须思考狗的动机是什么。同时，他们其中一人还说："这个题目让我们不再担心会犯错误，因此也就为我们的创造力放松了束缚。"

　　谁又能想到会是这样的结果呢？

　　正如我前面提到《逐渐牛化》时所说的一样，"另类"式思维的关键之处就在于你不能太较真，而是需要放下所有的担忧和对自我的审视。但是，说得容易做起来难。如果你独自一人无法做到的话，那么，你就是时候给自己一些任务了。试试"如果……那么……"这个词吧。如果我被鉴定出患有疯牛病，那么……如果我发现了已逝法国国王的真心，那么……如果我是一条狗，那么………

　　你问的问题越是离谱，可能最终你的作品就越令人称奇。

　　约翰·科里·惠利和他的朋友兰迪·安德森拿来激发对方创作的"随机词语挑战"任务也是相同的原理（由于我们极力推荐，青年评论网最终发表了他们的这篇文章）。简单来说，他们让对方用自己随机列出的单词写诗，这个方法使他们收获了令人惊喜的成果，尤其是惠利，他是一个散文家、小说家，而不是诗人。想了解更多的内容，请登录青年评论网，我保证你会有收获。

　　在某种程度上，写这本书也是我给自己的一个任务。我已经有几年都没写东西了。对此，我有很好的理由：从康涅狄格州搬到马萨诸塞州，我有了自己第一个孩子，成立了青年评论网。但是，当我的女儿埃琳娜睡熟了，而青年评论网那边的事务也不太多的时候，在那些宝贵的时间里，我总会强烈地感觉想要写点东西。这时，我开始着手写一两本小说，但却始终无法让自己融入故事中。

我对写作的这种冷淡态度，有几个原因——好吧，其实只有一个是真正的原因：因为我害怕了。看到我的第五部小说停滞不前，我害怕这一部小说最后也会无疾而终。

是的，我需要想办法重新树立信心。

但是我又不想做无用功。

因此，我要另辟蹊径，开始思考我的写作。

后来，青年评论网获得了国家图书基金会的创新阅读奖，因此，我更加应该思考如何能做好编辑，以及我的写作如何能辅助我的编辑工作。我创立青年评论网，是因为我觉得有必要设立这么一个线上杂志，以便一些作者的短篇故事有地方发表。

我的写作之路还很漫长，而且我也并不打算这么快就和这种生活说再见。只是，我真的需要一个新颖的项目给我带来继续前进的动力。虽然我很确定我不会就此停止写小说，但是在这个时候写小说就是激不起我的兴趣。

而且，我还有一个疯狂的想法：写一本关于写作的书。

在 2011 年夏天的大部分时间里，我都在思考这些事以及我到底应该怎么办。我觉得我应该迫使自己专心于小说创作，但是，写一本关于写作的书的想法越来越强烈。我发现我的脑子里时不时就会迸发关于应该写哪些章节以及相关章节应该包含什么内容等灵感。我搜索了一下市场上类似的书籍，结果让我万分惊奇——市面上竟然还没有我想写的这类书。

终于，在一次驾车远行中，等我的女儿在后座睡着的时候，我把这个想法告诉了我的丈夫。与丈夫的交谈帮我认清了我创作这本书的真实想法，以及我的创意所在。在他的鼓励下，我给我的代理人发了一封邮件，问了她对我要写这本书有什么看法，结果我得到了她的大力支持。意外的是，我一直所做的努力，匆匆记下的笔记等，都成了我写这本书的选题申报材料。因此，在某种程度上，我又领先于同批申请人。

然后，我的代理人将我的著书申请表呈送给出版商，在等待出版商回信的期间，我又开始写一部新的小说。这样做能使我的脑子免于杂事的打扰，也是为了记录下我最初为什么想写这本关于写作的书。现在，这本小说已不是几个月前我曾构思的任何一个版本。由于我有了全新的写作体验，这本小说讲述的正是全新的写作创意。

写非虚构作品——另辟蹊径的写作体验——重新激发了我创作小说的灵感。因此，你也快去体验一下吧，这将是一个摆脱写作困境的好办法。

9 理性写作

我一直很喜欢济慈提出的消极感受力理论，并发现这个理论在创作中以及生活中都很有帮助。

——吉布森·费伊·勒布朗

没有人告诉我，我应该在写作中保持多少自我；也没有人告诉我，我最好在下笔之前先释怀我的哪些过去。

——布拉德利·菲尔伯特

当我开始写这本书的时候，我发了封邮件给我的作家朋友们，询问他们希望在年轻时就想知道的写作经验是什么。在很多封有益的回信中，以上我所引用的两句话异于任何我听到过的观点，因此引起了我强烈的共鸣。表面上，这两个关于写作经验的评论并不相关（即使你很了解济慈的"消极感受力"理论的内容——我稍后会解释这一术语），我最初读这两封邮件的时候就这么觉得。但是，当我仔细思考后，却发现它们有很多共通之处。虽然我在自己写作的过程中从未考虑过这些术语，但是，这两位朋友的见解是如此深刻，以至于提醒了我在本书中其实就有很多地方运用到了他们的观点。

吉布森是一位已经出版了一部个人诗集的多产诗人。他在《缅因州文学》（*Maine in Print*）杂志上写了一篇精彩的文章来回应济慈的"消极感受力"理论，并最终把这一理论应用到他在"倾诉教室"——一个教授 6～18 岁孩子写作的培训中心——的工作中。如果你很幸运地住在缅因州波特兰或者附近的话，我极力推荐你去看看那座当地年轻写作者的"殿堂"。在这篇文章中，他写道：

> 在"倾诉教室"，我们都相信诗人约翰·济慈提出的"消极感受力"理论。那是在 1817 年，济慈在写给他两个兄弟的信中提道："……最近我想了很多事，突然发现，一个成功人士（特别是在文学领域），例如莎士比亚，他比别人优秀的品质就在于'消极感受力'方面。也就是说，他在不确定、迷惑、怀疑的情绪中也能保持不急躁的品性，直到他找到事件的真相和缘由。"

> 当我们能够平心静气地坐下来面对疑虑，当我们敢于冒险、不畏危险并最终克服对失败的恐惧，那个时候就是我们——无论是作家、机构、还是个人——收获最多的时候。

一次，有位学生在只剩 11 个小时还交不出作业的时候，吉布森把这个道理耐心地解释给了他。结果这位学生"一挥而就"，洋洋洒洒写了一篇满满几页纸的散文。当他终于停下笔，大家都争相传看。那是一个关于他父亲如何拿枪自杀的故事。

现在，让我们再想想前面布拉德利的话。再读一遍那段话，你能知道他说的是在写作时要保持勇敢的心。如果你想你的写作能有点深度的话，最好准备把自己毫无保留地暴露在那空空的白纸面前，而不是装模作样、胡说八道，或者闪烁其词。

你难道不认为吉布森写作中心的这个学生需要莫大的勇气，才能写出这篇文章吗？

是的，我也这么觉得。

那你觉得，想要在充满无数疑虑与冒险的写作生活中一直保持着良好的"消极感受力"状态，是不是也需要很大的勇气呢？

那么，像狮子怒吼般勇猛前进吧！

在斯蒂芬·金的经典著作《写作这回事》（*On Writing*）中，他也提出了类似的观点："对待面前的白纸，你绝对不要客气。"由于金是文字大师，他说的有点隐晦而且耐人寻味。他这句话应该有很多层意思，但是，我猜其中一层意思应该是说你应该"在门口留下你的自我"，因为自我经常会鼓励人们随性而为。

也许有的作家可以既很勇敢，又不必在门口留下自我，其中有些人还做得很成功。但是，我这本书并不是写给他们的，而是写给你的。我想告诉你的是，你真的需要非常非常勇敢，才能"在门口留下你的自我"，从而写出你必须要写的东西。

可能在像本书这样回忆录式的非虚构作品中，我们可以很明显地看到对这个理论的应用，因为这类书会涉及作者很多的隐私。对我来说，这点相当明显，不过这只是我理智上以及理论上的选择。然后，当我坐下来写这本书的时候，我已经签了合同，因此我知道我的这本书有一天将会问世，也会在亚马逊网站上收到读者的严肃评论。因此，在那最初的兴奋过后，我的自我逐渐消失了——我的这本书将会出版啊！糟糕！——你猜最后我的感觉如何呢？

我害怕了。

哦，我的天，大家会看到我写的东西。

他们会去阅读它、评论它，还会评论我。我究竟干了些什么蠢事呢！

我必须击退恐惧这头"野兽"，并在我每次坐在电脑前向你一股脑地倾诉的时候封住它的"嘴"。在写这部书的时候，我一直处在它的消极感受力的影响中：我的编辑会喜爱这本书吗？那读者呢？评论家呢？会不会有人都懒得去看这本书？这本书到底有没有写得好的地方？另外，为什么我要写自己的故事呢？这真是个蠢主意。

如此这般，我考虑着。

我很确定，当这本书上市的时候，我又要经历新一轮更加强烈的恐惧情绪。

我很奇怪为什么我在之前的写作生涯中没有体验过这种恐惧。当然，我在为写作工坊、代理人、编辑们写文章的时候，以及我在原创散文与诗歌演讲比赛上表演和为校刊写那些挑战性文章的时候，也很紧张。但是紧张和恐惧是不一样的；而且，相对于以前来说，我需要鼓起更大的勇气来写这本书。

然而事实上，我以前从未像现在这样把自己赤裸裸地暴露于人前，表现得就好像那个"倾诉教室"里的男孩那样勇敢。但是，我觉得我未曾经历过这种恐惧还有另外一个原因，那就是：直到我准备要出版这本有关写作的书的时候，我才意识到，我从未仔细检查过我的著作是否烙下了过多的"自传"印记。我在创作时总是太过于小心翼翼。而在写这本书的时候，我回忆了我的过往时光和我想上"奥普拉"访谈节目以及出版著作的梦想，这些都让我觉得曾经的我是多么狂妄自大。

而且，我几乎只写小说。因为写小说的时候，我可以假装用理性在写作。这主要是因为以下两个原因：（1）你可能觉得你可以把自己隐藏在角色、时代或者背景的后面，呈现出完全与你无关的东西；（2）当你写小说的时候，你并不是为任何一位读者而写的，因为，你还没有读者。

这两个原因密切相关，因为只有你知道将有一批陌生的读者会买你的书的时候，你才会意识到在不知不觉中把多少自我写进了你的角色中。即使你可能在小说中没有提一丁点儿自己私生活的细节，但你也已经在里面灌输了你的热血和精神。几乎在每一页的故事中都会有你的影子。

当你只为自己创作，或者只有一小批读者——朋友、家人或者同学——的时候，你很可能会在小说中表现得更大胆一些。因为相对来说，你所处的写作环境对你没有太大威胁。至少，我之前的情况就是这样。我发现在我认为没有人会读或者会在乎我的文章的时候，我就更容易放得开。当然，这对于作家来说十分讽刺。

我在创作小说的生涯中做过的最大胆的事之一，就是写了一部浪漫爱情故事。直到我决定写那部小说之前，我除了对肥皂剧有点儿兴趣之外，还是比较看不起这类小说的。但是，在我读研究生的第一年，我就改变了这一看法。我觉得，也许依靠写浪漫小说挣来的生活要比穷酸艺术家的生活好过一些。紧接着，我就转租了我在布鲁克林的公寓，躲在爸妈的住处，准备用一个夏天创作出一部完整的浪漫小说——当然，我首先需要阅读、学习和欣赏一大堆浪漫小说，这样，我就知道我要写的小说应该是什么样的了。而那部小说，它却成为我所有创作中最有意思的一部作品。

此刻，我又不自觉地狂妄自大起来了。我当时就想，浪漫小说应该比文学小说更容易发表。

我又想错了。

而且，我害怕这部浪漫小说会影响我作为一位文学小说家的名声，于是，我计划以笔名来发表这部书以及后来创作的其他浪漫小说。虽然我把这一情况告诉了我所有的朋友（其中包括一些研究生同学），但是，我的这一做法依然不够勇敢。

如果说这部小说最后得以发表的话，我就不会有如此强烈的恐惧。但是，最后的结果却是，恐惧赶跑了我的感性，让我不敢承认自己写了这部小说，也不敢说这部小说值得我付出。特别是当我知道我不能把这部小说作为我艺术硕士毕业论文的一部分的时候，这种感觉就更加强烈。

既然我已经领悟了这个道理，我希望能够把自我感觉抛在一边，用理性创作，只在有必要的时候，才和它见面。我们就此期待吧！就像许多事一样，我猜敏感的内心也会在我的写作生涯中来来去去。偶尔，我会认出它，那我一定会再一次叫它离开。

10　凝练文字

　　我在写这本书的时候，和戴安娜·瑞恩——在青年评论网发表过文章的一位青年悬疑小说家——一起喝了杯咖啡。她恰巧住在我家附近，因此我们能够在这炎炎夏日的早上一起度过一段清凉的亲密时光。我们谈论着我正在写的这本书，聊天内容基本上是关于写作过程的。然后，我问她希望在年轻时就知道什么样的写作经验。她的回答正是我写这一章的灵感来源。

　　她是这么回答的：她希望当时有人告诉她在写作上要多做一些尝试。她把自己说成是一个天生的"雕刻家"，需要花很长时间、以惯用手法来精雕细琢某一部作品，而在那期间基本上不会尝试其他的新作品。她觉得这可能就是导致自己很少尝试其他作品类型以及在前期写作生涯中作品较少的原因所在。当然，一旦意识到这个发展态势，她就开始拓展自己的写作类型，一鼓作气地写出了一部扣人心弦的悬疑小说。这部小说主要讲的是一位在日本的漫画迷少年破获了一个梵高油画盗窃案的故事。我猜想，她大概在上大学时就开始写这部书了！

喝了一大口拿铁咖啡后，我马上答道，我的情况正好和她相反。也许我太倾向于搁置一个作品而转向下一个。例如，在我读研究生的时候，我发现正在写的小说并太适合工坊的教学模式，于是立马放下那部小说，转而写起了短篇故事——当我写短篇故事时，涉及的内容相当广泛，包括各种各样的主题和观点。然而，当我觉得需要靠写作来挣点钱的时候，我又开始写浪漫小说。后来在迈克的建议下，我又写了悬疑小说。在《暮光之城》（*Twilight*）和《哈利·波特》（*Harry Potter*）的启发下，我又有了写青少年超自然小说的想法，而且最终我也这么做了。

我的情况也可以这么解释，那就是，我在写作的障碍里兜兜转转。在多数时候，我并不是"雕刻家"，虽然你从本书后面的内容知道，我曾承诺要坚持写作以及重写的原则，但是，这需要我在几个月甚至几年内专心于一部作品。我必须承认，有时候我对长期的写作会感到厌烦，因此，我时常抛开它们去干别的项目来分散一下精力，比如，我不再忠于小说，而去写了许多的短篇故事和散文。

因为，这么做让我感到不那么无聊。

但是，这并不是说"雕刻家"们就一定会感到无聊。我观察了身边亲密的"雕刻家"朋友，发现他们有一种想方设法专注于一部作品的能力。有时，他们会用第一人称代替原书的第三人称来重写一部小说；有时，他们会创造出一个新的角色，然后把他编进先前写好的400页故事里；有时，他们还会改进自己的小说，使得整个故事变得更加有趣。如果说我喜欢在不同的作品中做实验的话，"雕刻家"们则喜欢在同一部作品中做实验。我的实验方法最终使我创作出更多的作品以及拥有灵活掌握多种作品类型和写作风格的能力，而"雕刻家"们的实验方法则经常催生出更复杂深刻的单一类型的作品。

然而，我和"雕刻家"们都有意愿去品味我们的文字——我们愿意去改变一个作品的风格和内容，以求得到最好的故事、诗歌或散文——这也是我一直努力想灌输给学生的思想之一。

当我开始给本科生开设创意写作坊的时候，一些学生的初稿已经体现了他们流畅的文笔和精湛的手法。他们是如此善于写作，因此经常受到同学们一致的高度评价，当然，这些评价也意味着他们的文章"没什么地方需要改变"。还有一些学生的初稿写得相当恢弘大气——但有时可能有点儿混乱——以至于同学们都不知道应该怎么评价才好，因此，他们就只能默默地表示欣赏。当然，多数情况下，那些文章的确值得欣赏。

作为老师，我往往会批判性地建议他们尝试改变、修改作品，这些天才学生们经常在我的工作时间跑来向我解释对于接受我的建议的担忧，因为他们不想改变自己独特的写作风格和搞乱自己那些故事。我猜这些学生中有很多人是"雕刻家"类型的写作者——他们会在上交文章到写作坊之前就全神贯注地写好并修改好自己的作品——因此，他们要么就是太爱自己的作品，要么就是严格坚持自己的写作手法。

在这些时候，我经常会这么回复他们："你的写作方式是不是唯一的写作方式呢？你随时都可以用回原来的初稿，那尝试一下新的东西又有什么坏处呢？你想象这只是和你的文字玩玩就好。"我这么说经常能让他们放松下来。他们并不需要就此承诺改造出一个新的版本，但至少他们应该去尝试不同的写作方式。

我作为他们的老师，真的不喜欢看到写作者们，尤其是那些有抱负的写作者们，不愿意尝试他们不熟悉的风格。只有通过不断尝试，一位写作者才能确认自己的心声，以及他真正想写的故事。不然的话，我之前的一位学生怎么会发现他能把弗吉尼亚·伍尔夫式的意识流戏剧写得和米基·斯皮兰式的犯罪小说一样好呢？

我执意鼓励学生们凝练、修饰文字，因为我自己就从不断的实验中学到了很多东西。写浪漫小说教会我如何处理剧情和节奏；写悬疑小说教会我如何让角色和故事显得更错综复杂；写短篇小说教会我如何把文章写得短小精悍。虽然在我写各种类型的作品时，我都想着要把它们全部发表出去，最终却少有机会能发表，但是，它们却为我掌握如何写小说提供了广泛而复杂的教材。对于此，我依然十分感激。

好了，先别急着按我的建议对号入座，以后有的是时间。现在，我还有一些事要告诉你们。在发表作品的这一环节，多的是这样的故事：风格固定的写作者们经常不能发表一些作品，因为这些作品跟他们多年来写的那些截然不同——而他们先前的作品实际上狭窄但是十分精彩。在我看来，要避免这一危险的唯一办法就是成为一个风格多变的写作者，时刻准备在同一或不同作品中呈现令人惊喜、精彩绝伦的混合风格、类型或语气。

当然，这需要大量的练习和许多次失败的尝试。实际上，我们还是不要说"失败的尝试"比较好，因为这个词太过消极，就好像意味着这些尝试都是毫无意义的。但事实上，你所写的每一部作品，不论其结果如何，它都能帮你成为更好的写作者。因此，我们还是说"学习"、"实验"、"玩玩"比较恰当。

第二部分　写作生涯

11　写作建议

当你宣称自己是个作家时，你认识的每个人都开始给你提建议了，大概是因为他们都认为自己也会写作。难道不是吗？他们写电子邮件，写短信，写历史论文，写电脑报告，甚至写信给报刊编辑。他们还会阅读呢！他们读小说，读回忆录，读名人自传，读《人物》杂志，还读你发的短信和电子邮件。他们认为自己懂得怎么写。

是的，就是这样。好像他们知道这种感觉：盯着一片空白的电脑屏幕，好像写作者全部的自我价值，或者至少是当天的情绪，完全被下一个要写的句子左右着！似乎他们也知道这种感觉：为了写作这件事，他们会查阅所有书本，细读每一首诗歌。

大部分给你建议的人都不知道你和他们的区别。不过，至少他们是出于好意：他们是有多关心你和你的写作，才会给你建议啊！你知道如今有多少人毫不关心阅读和写作吗？你应该是知道的，因为他们就和你一起上学。他们就是这种人：当你说你的业余爱好是阅读时，他们不知所云；当你说你刚写完一篇小故事时，他们发出讪笑。所以，一句话：有人给你提建议你就笑纳吧。

我在本书的前言中已经预先讲了各种各样的人会"赠送"给你的"忠告",不过,除去那些残酷无情而毫无用处的写作意见,我曾得到一个对我有深远影响的非常棒的建议。这个建议是我在大学时得到的,现在我把它拿出来与你分享,因为它曾帮助我认清了我的作者身份,我想它同样对你有所帮助。这个建议不需要你全盘接受,而且和其他好建议一样,能给你一个全新的视角去思考自我。好吧,我现在继续说。

这第一条我认真对待的写作建议来自于我在伯克利读大一时的历史教授。他是一位大名鼎鼎的经验丰富且视角独特的教授。这位大人物总是知道应该说什么。他在讲"中世纪的英格兰"时,以一篇弗吉尼亚·伍尔夫的小说开头,并因此出名,因为他喜欢弗吉尼亚·伍尔夫的思考方式,他希望他的学生们能在阅读《帕斯顿信札》*时进入作品,我们就把它叫做"弗吉尼亚·伍尔夫情绪"吧。我们也以这样的原因,在一节关于中世纪的诺福克的历史课上,读了尼日利亚当代作家奇诺瓦的作品。

在那个学期里的某些时候,我利用课余时间写短篇故事而且有志于将来写本小说的消息不胫而走。这个消息让这位教授对我产生了兴趣,他开始偶尔点评一下我的短文。当他选了我创作的一篇小故事并在全班面前大声朗读时,我感到很荣幸,这在我的整个学生时代是前所未有的。他之所以这样做,是因为他觉得我干了件特别棒的事:在

---

* The Paston Letter,帕斯顿家族(英国贵族家庭)成员之间的通信,是第一手历史资料。

我自己写的短文里，我模仿了相关作品的风格。他愿意花时间为班上的每一位学生做这样的点评，但他绝对不是随随便便就表扬我们——我们必须自己争取这种表扬。他会有规律地在课堂上向我们提问，通过问一连串的问题来激发我们的创意思维。在上他的课之前，我从来没有觉得自己如此聪明。我还要告诉你，一个好老师的标志就是他能让你感到自己真的很聪明，哪怕这种感觉很夸张。这算是一个额外的小提示吧——当你上到大学，要选修那些口碑好、会激发学生智慧的教授的课程，上他们的课能让你受益良多。

好吧，我要开始分享这位教授的建议了，我保证！在上完他的历史课后的一两个学期，有一次，我去聆听了他在校园里作的演讲，演讲结束后，想和他说声"hello"的学生排了长长的队伍，我也在队伍里等着。当我排到教授面前时，他还记得我的名字，并且和蔼又热情地与我打招呼。然后他问我，我的写作怎么样了，我就开始和他讲我的英文学术类写作。他打断了我，说他的意思是我的个人创作。我愣住了，说了句"还不错"之类的。因为在那段时间里，我只把精力放在我的课堂学习上，而没有做多少小说方面的创作。

然后他说了一句话。

他说："你要注意啊，克莉，学术写作会扼杀你的个人创作的。"

扼杀，这可是一个严重的字眼。

后来有一次我发现，他也曾经写过小说！不过当他的学术职业生涯正式开始时，他就停止创作了。当他的职业生涯接近尾声时，当他已成为退休的名誉教授，而且不需要再发表乏味的学术论文时，他又开始在小说方面努力了。我感到很开心。我想，创作能陶冶他的情操吧。不过，从他曾给我的点评来判断，他觉得自己走入小说创作的道路有点迟了。

这个来自于我十分尊敬的人的忠告，真的让我在我的写作道路上停下来思考了。即使当我还是个本科生时，我就知道这是真理。当时我没有做太多的个人创作，因为我被那些课堂学习和论文烦扰着；加之，我真的需要写学术论文。如果他都不能兼顾这两种不同的写作，我又怎么可能做到呢？如果我真的选择了学术职业生涯，我又从哪里可以找到创作的时间呢？我当时看到的是，作为一个研究生或者教授，研究和写论文几乎是夜以继日的工作。而且，我这个人太负责了，不会为了写小说之类的追求就逃避我在学术上的责任。

那一次他还说了一些更深入的问题，他谈论了学术写作的方式：专业术语、严谨、注释等严格要求，这些与写小说所需要的想象力是背道而驰的。

我必须这样实事求是地写才能满足学术要求，但他说写论文的方式会钳制甚至扼杀我的想象力。好吧，我当时觉得绝对不能让这样的事发生在我身上。感谢上帝，让我早点得到了这样的忠告！我开始做出不同的选择了，比如，业余时间去上一门创意写作课，而且我决定了不再考博。

他的忠告让我决心踏上作家之路——创意写作。我在职业生涯中还做了很多事：在书店里工作，管理一家橄榄油商店，做私人助理，考取 MFA，教别人写作，筹建青年评论网，这些都是我为提高写作能力而做的努力。在我的职业道路上，我每做一个决定都会问问自己："这样做会扼杀我的写作创意吗？"如果答案是否定的，那么我至少愿意去尝试。有时候我错了，导致我的创作遭遇瓶颈，那么我就会停下这件事，再去做另一件。

后来，事实证明我的教授并不是百分之百正确的。学术性写作不一定会扼杀所有的写作创意。事实上，另一个我最喜欢的教授，一个一流的艺术史教授，最近创作并发表了他的诗歌（虽然这也是在他职业生涯的稳定阶段和末尾了）。有很多小说家或者是从教授做起的，或者是（在成为作家后）继续当教授的……而这些人只是一小部分，但这两件事一起做还是不错的，真的。

当时听到我的教授说的话时，我知道这对于我来说是真理。如果当时我能说出 20 个既是学者又是小说家的名字的话，也许这在当时并不会触动我。因为我知道我不能成功地平衡这两者，如果我重复像我的历史教授一样的创作道路，我也会遗憾的。因此，我把他的建议转告给你，并不是因为我觉得你应该拿个博士学位、做个教授，还要做个小说家。而是，我希望把它告诉你后，你能在生活中做出一些能提高你创作能力的决定。能像我一样早早地得到这个建议，对你是比较好的，这样你就能避免很多将要遇到的各方面的责难，这些责难都可能扼杀你的创作。

在后来的 10 年里，我得到了许多来自于职业作家们的关于写作的好建议，大部分都是与我的写作具体相关的。当这些小说家给出与我的写作生涯相关的所有建议，他们说的所有事，几乎都可以浓缩成我从我的历史教授处得到的那个建议：如果你想成为一个作家，就别去做那些会扼杀你的创意写作能力的事。

说起来容易，做起来非常难。

我觉得我必须为这一章增加一个附言，给那些没有打算以创作来定义自己生活和职业生涯的、正在读此书的作家。是的，你，作家，（我还是要叫你"作家"，因为从内心深处来说，这就是你，无论你在从事任何类型的写作），也许你在电脑编程语言里寻找诗意，也许你边设计建筑边创作。你可能就是个没想过写小说的作家，大概永远都不会写。这也很好。从某些方面来说，我希望我是你。在职业道路上能有更多的选择。

对于你，我想改一改教授给我的那个建议，把"创意"去掉，只告诉你："别做任何会扼杀你写作能力的事。"如果学术写作是你的艺术，那就去做。如果行医和创作小说是你人生之海的波浪（就像伊桑·凯恩一样），那就借助它们扬帆起航！只是小心不要离你的航线太远，否则，就像但丁说的：

> 于生命旅途中醒来，
>
> 我发现身在黑暗密林，
>
> 只因我已偏离了正道。

然后，就像但丁所描述的，你将会站在你作家生涯的地狱之门，并看到这样的警告："进来的人，放弃你的所有希望吧！"

这可不是一个好处境，我就曾经试过，还好时间不长，因为我知道，能让我永远走在正道上的，这一个关键问题就够了："这会扼杀我的创意写作能力吗？"

如果答案是"会"，那就不值得做。

12 创意课程

上学的一个最大好处是，你可以学到各种形式的写作——历史论文、实验报告，甚至是诗歌。而且，写这些东西在这几年里将成为你的主业，虽然这样好像说反了，因为你是为这个"职业"交了学费的。不过，这样做学生多美好啊：在几年无忧无虑的时光里，你可以做一些超越现实的事，也许这就是霍格沃兹魔法学校被描写得如此真实的原因吧。

而且，大学真的能给我这种魔幻般的感觉。远离父母后（我之前从来没有住校过），我发现了住校的乐趣，例如，每顿饭都可以吃冰淇淋！每个星期二晚上可以看星球大战马拉松！我还可以在各种小事上自己做主（我的日程表啦，我的穿衣打扮啦），还有一些大事（聚会和男生），不用被父母管！就像哈利、罗恩、赫敏那样，那些刚上大学就认识的人，我的室友，现在仍然是我最亲密的朋友。和他们在一起，在我自己的霍格沃兹魔法学校里，我发现学校能教会我们好多东西。

当然，我一直都是个好学生。我也挺喜欢高中的，但在那个社交无隐私的场合里，我就是无法爱上学习；而在大学里，因为我的学校很大，我的个性通常被淹没在众多学生中。而且，当我知道，在大学课堂学习中得到的分数不像高中那样重要时，我轻松不少（我以前的那些学生读到这里一定会惊讶地张大嘴，对于不喜欢的课程我是完全不理会）。而且，我对一些无聊的必修课程非常反感，而当我上了很多我喜欢的课程之后，感觉好多了。

这让我走上了艺术史的道路。

是的，艺术史。

在我读大二时，我已经不再是只爱学习自己的本专业的英语专业学生。我努力想学习其他专业知识，比如历史，因为我真的很喜欢历史，尤其是中世纪史（我对于黑暗城堡和骑士精神非常着迷），不过，英语课上的"塞壬之歌"还是把我诱惑过去了。我还能说什么呢？说到底，我还是比较喜欢分析《红字》（一部有历史意义的浪漫小说），而不是《帕斯顿信札》。

我也很喜欢美术（只是喜欢看，不会画），对美术的喜爱从小学三年级就开始了。那时，老师在班上开展了一个比赛，奖励行为好的同学，奖品就是给他们读那些带插图的法国印象画派的书，还派发大都会博物馆、纽约现代艺术博物馆的明信片（我同样着迷于用闪亮多彩的蜡笔画出来的沙滩、大干草堆还有繁星满天的夜晚）。11 年过后，我想要上一门课程，这门课必须比英语文学更充满人文主义。于是我随便浏览了一下课程目录，恰巧看到了一个课程大类叫"艺术史"，我立刻产生了好奇，想看看它到底教些什么。

我越来越好奇。而那时真的有一门关于 19 世纪法国绘画的课程！

我想着，从三年级开始我就去过那么多博物馆，看过那么多关于这方面的杂志，这门课应该轻松又有趣。结果有惊无喜，在课上我像个小男孩一样手足无措。我直说吧，上课第一天，我们不是从莫奈讲起的，而是从法国大革命讲起的！好尴尬，我对此知之甚少。至于我在那节课上具体学到了什么，我就在别的书上去说了。重点在于，即使这是一门艰难的课程，而且我完全昏了头，整个教室挤满了通晓八国语言还环游过世界的艺术史专业学生，但我还是很爱很爱这门课，而且因此辅修了艺术史。

对艺术史的学习，给我的写作造成了深远影响。我曾经描写过画家角色、艺术评论家角色、画廊助手，写过一个盗画贼、一个雕塑家，还写过一个越南的赝品制造者。在我上艺术史课的那段时间，我还读了拜厄特的小说——《宁静生活》（*Still Live*），在书中，作家巧妙地运用了视觉意象、名作再现，以及其他的美术手法，把故事情节和人物编织在一起。我感到非常吃惊，竟然可以这样把绘画和写作同时体现在一部文学作品里！我开始大量阅读她的小说，尤其是那些结合了绘画的作品，我还寻找其他以这种手法写小说的作家。拜厄特和艺术史，就这样，在长达二十年的时间里深深影响着我的写作。

还是在这个学期，我除了上 19 世纪法国绘画课，还第一次参加了大学生创意写作工坊，为了能进入这个工坊，我要交一份前一个学期的写作文稿来面试。我还记得，我走到英文教学部对面的告示墙下，那天阳光灿烂，我却内心忐忑，面试的结果就贴在那里——"入围与落选名单"，当我看见我的名字在入围名单里时，我整个人都放松了下来，也许当时我还在那里击拳以示胜利。我入围啦！这是细小又重要的时刻之一，它让我很坚定地认为，我就是一个真真正正的作家。

在这个创意写作工坊，我学到了重要的三课：（1）反馈意见给我的作家同学时，也是在帮助我形成和表达自己独特的文学品位，这会对你以后的写作起基础指导作用；（2）当我把绘画元素加进我的写作时，人们都觉得眼前一亮；（3）大学本科时期，我再也不想上别的创意写作课了。

第三门课是我对比两门课程的结果——艺术史和创作讲习班——这两门课在当时一起影响了我的写作。当时我认为，艺术史的作用更重要。但除非我要考艺术史方面的研究生（当时我不想），否则即使我再喜欢这门课，我也没有机会深入学习了，这意味着我本可以进入其他的创意写作工坊。

也许你的父母、朋友或者别的老师没有告诉你这件事，我在这里要告诉你一个上大学的秘籍：对于我们大多数人来说，要学习、提高自己喜欢的科目，大学是最后一个机会了。所以，如果有摄影学、18世纪讽刺文学甚至是化学，比如介绍库尔特·冯内古特（美国黑色幽默作家，美国黑色幽默文学的代表人物之一），去学习这些吧。至于创作课……好吧，我不是说叫你不要去，因为这就是你喜欢的课，不过我还是建议你修一些不同专业的课程。

我在艺术硕士专业学习，所以我有整整一个学期可以去上创意写作课程。我知道写作课是极其重要的，我也强烈推荐你们在本科时期去上这门课。在那么多才华横溢的年轻作家中，写作课能帮助你们打好基础，学好技巧。同学们之间能碰撞出火花，也许这些作家之间还能结成一辈子的朋友，还能帮助你发表作品。然而，毫无疑问，虽然创意写作课能提高你的写作水平，却不能让你学到一些写作需要的有趣素材。比如，伊森坎因（美国作家、教育家，也是医生）和迈克尔·克莱顿（美国著名畅销书作家兼影视导演、制片人，作品涉及医学技术，曾就读哈佛大学医学系）就证实了这一点，在他们的医学预科课程上学到的又运用于小说中的东西，你在写作课上是学不到的。

创意写作，也不是像某些年轻人想的那样，是一个职业预备学位。随着越来越多学生上大学只为从事一份特定的职业，你很容易就以为，创意写作专业也是那样的，以为它可以让你走上职业作家的道路。我还真希望可以呢！不过，和主修机械工程专业差不多，主修创意写作似乎不一定能让你走上全职作家的道路。就算你主修机械工程，除了在毕业后可以做个赚钱的工程师之外，还可以在你的业余小说创作中加点吸引人的细节，比如说说怎样制作机器人。反之，主修英文也不见得就会阻碍你写关于其他领域的作品。迈克尔·博伦还有两个英国文学的学位呢，他还不是写了一本非常出名的关于食品工业的书，这需要扎实的自然科学基础。

我可不想让你们觉得我在批评创意写作这个学科，所以让我举一个例子，把话题转回这一方面吧。在我大三那年，我抽身去了伦敦的一个大学游学。当时正是我生命中最重要的一个时期，这么说有很多原因（如吃黑巧克力消化饼，交到一辈子的知己，参加伦敦西区的俱乐部，还去了科陶德艺术学院的一个挂满了印象画派的杰出作品的画院里研究）。为了可以在大英帝国的首都换来这些改变命运的经验，我必须做个安分守己的学生。这真是一个很大的牺牲啊。

超过一半的课程，我都是和 12 个同学甚至更少的同学一起上的，像研讨会那样。在某节讲存在主义文学的课上，我们当时在讨论萨特（法国哲学家、小说家、剧作家）的《理性时代》（*The Age of Reason*），这部书用了我最喜欢的场景，描述了一个角色——他在舞厅等待朋友时挖空心思也无法制造出"一种正确而严肃地对待空虚的姿态"，但却努力装出并非乏味空虚的样子。这本书写于 1938 年。而来伦敦的前一个学期，我恰好上了艺术史课程，是关于 20 世纪上半叶三大艺术家——皮特·蒙德里安、卡济米尔·马列维奇和杰克逊·波洛克的艺术理论，所以，在同学们阅读和讨论萨特小说的时候，我想到了不少有关这一时期文学和艺术的比较。

有一次，我在课上发言，提出了这种比较。可是一位同学质疑：我不确定它们之间有任何联系，而另一位同学则问：谁是蒙德里安？其他同学也一脸茫然。还好教授替我解了围，还分析了我的比较。

这并不是一件显示我有多聪明的轶事。其实，如果我的同学们在一个鼓励学科交叉的大学教育系统中学习，他们早就该发现我会做这样的比较。看吧，在英格兰，高中时期，就是所谓的"中六"，你必须专门学习三门课程。而当你一踏进大学，你就只需要学你报读的学位——英文、历史、法文之类的。从某方面讲，这真是天堂——大二之后就没有数学课了！而另一方面，这意味着如果你是英语专业的，你就再也不能上艺术史课程，也意味着你很难在同一时期的文学艺术和绘画艺术之间进行类比。

当然，我写的可不是一篇论证英美教育系统之对比的文章。这两个系统都有一大堆优点足以让它们备受赞誉。你不要以为这是出于礼貌性的称赞，我必须第一个承认，英国的英文专业学生，相比于美国同专业学生，读过更多、更深入的作品。

相反，我提出这个例子是为了阐述我求学时所经历的一个顿悟时期，在这个时期，我意识到作为一个作家（论文作家或是小说作家），尽量探索世界是多么重要。如果当时我只学这一门学科，我的学问该有多狭窄！所以我担心，仅仅主修创意写作也会使一个作家的视野不够开阔。

曾经有一个我非常欣赏的学生，她是主修海洋生物学的，同样是个极具天赋的作家和视觉艺术家，不过她还是更喜欢研究海洋。她非常热情地投入到海洋生物的研究中，同时也给学校文学杂志写稿和做编辑，还能很好地平衡其他一些工作和生活。她还担任着国内外的一些研究员工作，其中有一些是要求会潜水的（说一说好工作吧，如果你能找到）。但这才是重点：只要她想，她能立刻在任何一家出版公司受聘做一位科学作家，因为她追随本心，学其所爱，而且在此过程中做得极好。她也许能成为下一个芭芭拉·金索佛（美国作家、诗人，童年时自由地生活在肯塔基州的乡村和刚果，获得生物学学位）。如果如此，我一点也不惊讶。

许多作家也许会有意见，我在这章说的每件事都是与生活和学习有关的问题，这是因为，一个作家真的要感受生活甚于学习。想一想海明威在"一战"中开救护车，或者在非洲打猎的情景；或者想一想乔恩·科莱考尔在全世界徒步旅行和生活；甚至可以想想我，在伦敦生活了一年，说实话，我在英格兰是生活多于学习的；还可以想一想，一年后，我花光所有积蓄去越南探望一个朋友，在钱财方面的确是一次冒险，但至少让我出版了我的第一部小说。

我想你明白了。如果你想成为创意写作作家，每个人都会告诉你，你是个空想家。在大学里，你至少能向其他空想家学习，而正是他们的想法，创造了我们的世界。

13 寻找读者

还记得在"撰写草稿"里我所描述的"这是一个夜黑风高、雷雨交加的夜晚",我用绿色的光标在我父亲那台 80 年代的电脑上不断地敲出"跑,快跑,越快越好"的画面吗?事实上,重新提起这些内容绝不是因为我爱自我吹嘘。

其实这是为了我的读者。

是的。现在正有人苦苦地等待这些章节。

那时候,如果我对我最新的作品感到特别骄傲,我会用家里的老式打字机打印出两份文稿,然后,第二天早晨在练习乐器的空闲时间里,亲自把这些文稿送给我最忠实的粉丝,一个叫黛儿的笛手,她是个八年级学生。说实话,我也非常希望能尽快把这些文稿送到我另一位粉丝约翰的手里,他是吹大号的,也是八年级学生。黛儿一直是我的忠实粉丝,能得到她的赞同我很兴奋,同时她和约翰是最好的朋友。我故事里的英雄人物是根据约翰创作的,至少故事原型是这样,这件事对我们来说并不是什么秘密。我那时候还只是一个新手作家,但其实我现在也没有学会怎么使我的文笔变得委婉一点。

接下来故事围绕着黛儿展开，并且不可避免地与约翰有关。一开始约翰非常腼腆而且不愿意和我说他读到哪儿了，直到几天后才愿意开口。最终，他把其中某个章节里的一句话写在纸条上，并在课堂上传了给我。

很好。两位粉丝对我作品的解读比较接近我的写作意图。更重要的是，我惊讶地发现其他同学也阅读了我的作品。他们费尽心思找到和我一起上英语课的七年级同学，从他们手中得到我的文稿并阅读，然后我就会从那些平时与我交往并不多的同学身上收获许多称赞。有时候我会在八年级的同学中收到一些建议，这些同学我仅仅是知道而已，并且与他们在公众场合相遇时并不会打招呼，但他们却从作品的第一章就已经开始追我的作品。

我简直无法形容这有多么振奋人心。这是我第一次尝到作为一个作家的滋味——一些可以说不认识的陌生人都在欣赏我的作品。显然，这让我的创作欲望变得更加强烈。试想，我在这里，但不知道你来自哪里，也不知道你在何时何地读着这篇文章，这让我十分激动。

能得到这样的关注让我感觉很棒，这种自我满足也能促进我的写作热情。在那些年里，我同时收到了许多读者对我的批评。偶尔回首中学阶段的往事，我曾经听到一些人说我只不过是个高傲自负的作家。尽管这些言论深深刺痛过我，但在内心深处我还是知道我收获了最美好的称赞：他们读过我的作品。如果他们没有读过我的作品，但他们的朋友中有很多人读过，这使得他们不得不去读、去评价我的作品，并通过贬低我的作品来与朋友保持共同的话题。因此，我意识到别人关于我的评论对我的写作没有任何影响。只有一种评论值得我去在意，那就是与作品的角色、情节、场景等相关的评论，认为我只是个高傲的作家这样的言论只能促使我更加努力奋进。

中学时期也使我第一次意识到作品的读者不必是我认识的人，不仅是喜欢我的朋友或者那些逗我开心的家人是我的读者，一个陌生人甚至半个敌人也可以是我的读者，他们也许是我妈妈的朋友、一个我在五年级时对他非常刻薄的男生、一个从幼儿园起便最要好的朋友，或者一个与我面容极相似的荷兰人……甚至是许多与我素未谋面的陌生人。如今互联网时代，对于一个年轻的作家而言，读者群更加广泛。你可以通过博客的形式将你的作品传达给你的读者，这在我当年还使用点阵式打印机的时代，是难以想象的。尽管科技飞速发展，我还是经常因为某位读者喜欢我的作品而感到惊喜。

让时间倒退 16 年：我因一篇短篇小说获得提名并得到奖学金，进入了斯阔谷作家社区。当我到达斯阔谷的时候，我发现那篇短篇小说的崇拜者、对我获得奖学金最有帮助的读者，原来是一个中年男人。当时，我的小说是关于两个大约 20 岁左右的纽约女性朋友的故事，故事的浪漫之处就是关于这两个人的。我简直无法想象这个中年男人竟然是我的作品爱好者。但是那个男人非常欣赏小说中我处理金钱以及分析主要矛盾的看法，这使小说中两个人物的友情断裂变得合情合理。尽管在我写这篇小说的时候，我希望有目标读者之外的人阅读并且喜欢它，但当我知道这位中年男人喜欢这个故事时，我还是感到大吃一惊，并且非常感激有这样的读者。

这太酷了。

在中学与进入斯阔谷中间的这段时期，我学到了许多关于读者的重要经验。在高中，在学校演讲辩论队，我发现有一个我的资深粉丝，还有许多队友都是我的读者。就连在 OPP* 上与我竞争的外校演讲选手也是我的读者。我队里的那位读者与黛儿及我的许多中学朋友有许多相似的地方；最重要的是，他们始终支持并鼓励我。在晚上的演讲课上，他们都会聆听我的新故事，阅读那些从打印机上打印出来的文稿。我的手会有些发抖，但这不影响我的发挥，我能从听众们睁大的眼睛以及出乎意料的倾听姿势中得到莫大的鼓励。

而更冒险的是在比赛中传阅一份小说文稿，但我会感到放松，因为我知道在那里有我的读者朋友。虽然身处对方辩论队的读者是竞争对手，但同时我们是彼此最好的支持者。一旦小组成员互相认识并了解，我会把一些没有发表过的小说文稿带到其他的比赛场上，在比赛的两轮休息阶段阅读彼此的作品，并交流读后感和对作品的建议。我非常惊讶地发现有些作家的作品内容与我所写的大不相同——一篇是关于吸血鬼的故事（破晓时分是安妮·赖斯笔下的主人公莱斯特最重要的活动时间），另一篇是关于一个被践踏的女孩（这是个比较庸俗的故事，男孩和女孩最初的纯洁友谊慢慢变质，友情被男孩无情践踏，女孩历经挫折的命运）。同样令我非常惊讶的是，当我们在大厅里等待着比赛结果排名情况公布时，OPP 中的高年级学生居然把我拦住，并且告诉我他们有多喜欢我的作品。

在非正式的写作社团里，我们阅读彼此的作品并提出意见是我的

---

* Original Prose and Poetry，作者所加入的一个社团，成员之间以交流原创散文和诗歌为主。

第一次写作互动体验，从而也证实了读者的力量有多强大。也许有一天，早晨起床时，你可能会惊叹："哇，乔和我居然成为朋友！他喜欢看那些可以把我吓哭的国际谍战大片，而我喜欢看那些浪漫喜剧——那种在他看来只有别无选择时才会看的东西。"

人各有所好嘛。

随着时间流逝，找到一个读者或者很多读者，可以说是一件非常重要的事情。在这个喜欢阅读的人越来越少的时代，找到一群依然乐于读书的人并与之交流有很大难度。那些读者不仅仅在我写作早期时一直鼓励我，而且将我那些孤单的消遣时光变得更有意义。也正是他们读我的作品，让我感受到我写的东西可以如此有感染力，甚至拥有改变他人的力量。

现在我的作品拥有许多读者，有些读者还追随我许多年——尤其是我母亲的朋友。我知道你们想要说些什么。你们肯定会说："那当然啦，他是你母亲的朋友。"但是，说真的，人们通常都很忙，在过去的十年里这些妇女们并不需要去读小说，哪怕是一本，但是她们之中的一些人做到了。而且，她们当中的一些人曾要求去读那些我本不想分享的书，并且还有位朋友一直坚定地支持我把许久以前写的一部小说完成并出版。还有，他们都乐于分享阅读后的感想。

噢，当然，其实读者还会对你的写作做一些评价！他们总能对你的作品说些自己的建议和观点。你们最近注意到了亚马逊的评论栏吗？每个读者都会想要告诉你，如果换做他们，会怎样去写你那本书。提早找到自己的读者有利于让你的作品更加符合他们的期待。但也不是说如果盖尔阿姨想要让贝拉结束与雅各布的恋情，你就要按照这样的方向去设计情节。对于每个作家来说，越早知道读者群体越好。事实上，即便盖尔阿姨希望贝拉嫁的是那个狼人而不是吸血鬼，她依然爱着你的作品，她会想要去阅读续集，其实，她也等不及了！

如果今天我还是个青年作家的话，我会对 Figment 这个网站特别着迷，因为在这个网站上，作家可以与其他同行或者读者分享自己的作品，大家共同交流，取得进步；他能找到读者，而读者可能是其他州甚至其他国家的陌生人，这是多么让人振奋的机会啊！能够去聆听不同的声音，交换不同的想法，看着自己的作品一点点修改，趋向完善，是多么难得！这个网站支持匿名登录，假设有人想要批评你的作品，你不需和他做微博上的好友或者演讲上的对手，甚至不用在你妈妈的牌局上见到他！这些读者都是真诚的，就像我们中学时代那些小伙伴一样——他们选择读你的作品不是出于任何强迫，而仅仅只是因为他们想看。

是的，你必须勇敢地与朋友和陌生人分享那些被你一次次精心修改过的作品。也许作家不会因为勇气而受到褒奖，但是想想这样的勇敢所获得的回报吧！

向前冲吧，让你自己都感到惊讶吧！体会沉浸在这种"自我膨胀"的好处里吧！这是成为作家的额外收获之一。只不过你也得小心，因为读者也会批评你，所谓的陈词滥调早已不适用了。是的，他们同样也是批评家。有时候他们可能是正确的，有时候也可能是错误的。但是只有当你把自己的作品放在首要的位置时，你才会明白这一点。

14 写作伙伴[①]

　　写作伙伴是指在你写作的过程中与你一起写作、一起讨论、修改作品、认可并鼓励你创作的人。

　　我的第一个写作伙伴是在那一段平静得如地狱般的高中时期的好朋友——莎伦·马歇尔。20 年后，我们仍然是朋友，我们还联合创建了一个备受赞誉的文学杂志。我认为她是我最好的写作伙伴的原因之一，就是因为她既是我的挚友，又是我工作上的合作伙伴。在这本书中，我建议寻找亲密的写作伙伴，更重要的原因是写作伙伴能带给你无穷的写作动力，好的写作伙伴将与你相伴一生。

　　与我的其他写作伙伴不同，莎伦和我的关系以友情开始，后来发展成写作伙伴关系。在高中的时候，我们时常一起演讲。那时我正忙着为 OPP 创作表演所需的各种短篇小说，莎伦正忙着出名，想成为戏剧演出社有史以来最具天赋的女演员之一。

---

　　① 这一章的早期版本是发表在青年评论网的一篇博文，参见：http//yare-view. net/2011/05/ bosom-writing-buddies。

在我的高中时代，莎伦是一个大胆勇敢的奇才。我在创作故事时遇到瓶颈，那时，我自知为 OPP 写的第一个故事并不很好。那个故事在某种程度上，可以算作反宗教题材（我是在阅读亚瑟王传奇和早期基督教作品时获得的灵感），但故事内容的衔接组合不是十分合理，我没有坚持把故事编完。我接着创作了另一个童话故事，一位女孩在森林里邂逅了一个孤单的影子，然而，我并不能完全确定这个故事讲述了什么。

在创作中，无论是涉及人物关系问题、数学问题或是写作问题，莎伦总会帮助我厘清思路，大声把问题说出来。某个夜晚，我打电话给莎伦，询问她是否愿意听我倾诉。不久后，我们一起讨论，给出参考意见。最后，我写作中遇到的障碍终于被一一消除。多亏了我们的谈话，让我懂得应如何将故事发展下去。作为回报，我会在课余与她进行头脑风暴，激发创意，从而帮助她完成一些历史论文。

回首过去的十五年，时光飞逝，在我们的友谊经过了很长一段沉寂期后，我们互通了电话，碰巧发现我们都在写小说，并且都需要反馈。莎伦看了我作品的初稿，我也看了她写的小说初稿。我们对彼此的初稿给出了客观的评价，在我们未来可能接受的奥普拉的采访等方面彼此交换了意见。

我必须强调，写作伙伴的角色是双重的：一方面，你的伙伴随时提供着可靠的反馈，有时甚至是一些难得的建议（你是否想过删掉书中的这一章节？）。但是有利也有弊，像每位作家一样，你不仅需要批评、赞美，也需要鼓舞人心的反馈。作为一位作家，每一位读者都意味着一种不同的阅读口味，代理人和编辑们说"不"，都意味着你写得不好，一同进行创意写作的同龄人会直截了当地告诉你这个问题。你的母亲、丈夫、知己有时会认为，你在电脑前花了太多"自由散漫"的时间。

你的写作伙伴会为你提供一些精神上的庇护，即使她告诉你，有些部分你写得不好，但也会以一种积极乐观的方式告诉你——你可以突破的！我相信你的能力！你很有天赋！你很用功，会找出这部书稿中的瑕疵！这与那些看你作品但并不关心你心理健康的编辑或其他陌生人的做法是截然不同的。这就是写作伙伴。

更让我惊奇的是，并不是所有写作上的朋友都有资格担任这个角色。我有很多支持与信任我的好朋友，在我需要额外时间去写作时，他们会帮忙照顾埃琳娜，因为我在写作时需要耗费很多精力，但他们却不足以成为我的写作伙伴。我仍然会让他们阅读我的作品，他们也会一如既往地提供一些关键性的反馈，但他们却并没有完成写作伙伴的重要工作要求——鼓舞人心。不过没关系，我同样也需要这些读者，我只是不需要他们扭捏作态罢了。

继莎伦之后，我还有其他的写作伙伴，尤其是我大学毕业时一起写毕业论文的一位朋友，我们经常一起吃饭，顺便讨论论文。各自看了彼此的初稿后，我们就坐下来享受美食（我仍记得她做的涂着奶油汁拌着熏火腿和豌豆的意大利面）。我们一页页地梳理论文，为对方阐释自己的论点，并探索解决方法。我百分之百确定，我的论文获得A与我和这位写作伙伴的合作是分不开的。顺便提一下，她现在在凯恩尼的英语系任教授，可见我当初选择她是明智之举。最近，我刚升格为人母，组建了一个作家伙伴夫妇联盟，我可以到各处交换一篇故事或是文章。这些关系在短期内是十分必要的，因为其他很多事情会占用我们的时间（例如照顾孩子、工作、休息）。和友情一样，一些写作伙伴是永久的，另一些则更偏向于暂时性。我在我可以找到他们的地方与他们成了朋友，同时我也很感激他们的出现。

我的感激之情源于对他们给予我的反馈和鼓励的谢意，同时也源于我的这份喜爱和友情。人们为生活奔波劳累，因此，同意在写作课程和正规的写作小组的要求之外参读和评论另一个人的作品是友谊的一种特殊表现。因为重视我、珍惜我们间的友谊以及支持我的写作，我的写作伙伴为我花费了许多宝贵的时间和精力，作为回报，我也自愿充当他们的写作伙伴。

阅读彼此的作品也会加深我们的友谊。即使我和我的朋友直到现在都没有写自传，但互读对方的作品总是一种亲密的行为，一种走进别人内心去窥探她最私密的心理的行为。分享我自己作品的感觉就像分享一个孩子，这是我还没有孩子之前说的，当我有孩子后，结果表明确实如此。我交出我如此喜爱的东西时会十分紧张，几乎要立即把它抓回来。将其移交出去需要信任，我也相信我的朋友们会用爱与尊重来对待它。当一切进展顺利时，我与朋友们的关系比以前更密切了。

作为回报，我努力做一名优秀的写作伙伴，一直坚持到最后。当我阅读时，我会去寻找稿件上短语和句子中的闪光点、独一无二的主角、令人震惊的事件，我总是优先赞美这些优秀之处。一旦我给出修改意见，我就真正步入鼓舞人心的谈话并再次回顾最好的那部分，因为我发觉，作家在批评结束后最需要的是鼓励。这时应该是一个鼓励的时间。"这个项目很好，你计划什么时候完成？创作完成后我能拜读吗？"最重要的是你需要重视它。你不能做一名虚假的写作伙伴。你可以仅为你喜欢的人、你所仰慕的人去承担这个角色。但你们两者必须真心实意喜爱对方并且爱屋及乌，这就是为何一个写作伙伴是一份珍贵礼物的原因。

这样的伙伴非常稀缺，但并不是没有。每一位作家漫长的写作生涯本质上都是一个人的旅程，如果你能在旅途中找到一位伙伴，那是极其珍贵的，他能分担你的快乐与烦恼，帮助你前行。擦亮你的双眼，也许在前方，你就会发现一两位这样的好朋友。

15 创作团队

开始行动吧！拥有你自己的创意写作工坊和创作团队。

尽管这样饱满的热情与我前三章所说的观点不太一致，但对于这样的写作圈子，我除了推荐还是推荐。只有这样，我们的写作才会如鱼得水，而且我要利用工坊为我正式的创意写作课程做实验。一个老师或优秀的专业作家差不多都有一个写作工坊。在本章，我讨论的重点不是以学校为基础的学生工坊，而是与创意写作相关的工坊。并非所有的工坊都在校内，也有在校外或者夏季项目里的，又或者在你附近的社区中心、本地青少年写作中心。参加这样的写作工坊，有的可以获得当地学校的学分，另一些却没有。不管校内校外，非正式但有组织的一堆作家会定时见面并谈论写作，这跟作家团队好处一样多，而且在作家团队里没有老师。

作为一名学生、老师或合伙出资人，几乎所有的工坊和作家团队我都参加过。大学毕业后，当我写第一本小说时，加入了一个四人组的写作团队。我们每两周见一次面，互相拿对方的草稿批评讨论。我还在斯阔谷作家社区当过学生，上过大学的创意写作课，同时深造获得了我的艺术硕士学位（MFA）；毕业后，我在我社区的多个独立工坊任教，有一些在图书馆，有一些就是继续教育项目；作为一名教师，我教过无数的写作课，从教新手写文章到写更高级的科幻小说。这样的写作经验每次都会让我的写作向更重要的方向迈进。这些活动如此有效，以至我不禁会想，要是我在中学的时候就知道有这样的团队就好了，因为我会更看重他们，特别是那些不用计算等级和学分的非正式的队伍。

我在这些工坊和作家团队认识的朋友（尽管那时我是老师）比我收到的回馈更加重要。我不敢夸大朋友在我写作生涯中的作用。但要不是他们阅读我的作品，鼓励我继续创作，使我从创作困境中解脱出来；要不是他们在我担心、不安的时候拉我一把，我可能早就放弃写作了。然后我可能一直悔恨，好奇接下来会发生的事，就像有些人年轻的时候放弃了练习钢琴一样。或许他们不会想着在卡耐基音乐大厅表演，但至少会想象自己在派对上轻松自信地小奏一曲，感受一下艺术的熏陶和满足。我不想你成为那样后悔的人，即便你的目标可能永远也不是在卡耐基音乐厅演奏。

在那些地方，我遇到了一些可能在其他地方永远不会遇上的人，他们经常给我些意外和开心。有一位是成功的金融家，当我创立写作工坊时，他正在写一本小说。我比他小 15 岁，但我却是写作方面的行家。他经过了数十载的艰苦写作，其间经历了各种令人心力交瘁的出版挫折，现在我们更志同道合了。跟他通话或者喝咖啡是一件很不错的事，因为他是在他成功的金融事业之余干这一行的，而他关于写作和写作事业的观点总是那么有趣。从某些方面来说，他付出的不是更多的金钱，而是更多的时间和精力。

如果你因为资金缺乏而没钱上课（我们会一直在你身边），网络永远是你的朋友。你不必有自己的电脑，你可以去当地图书馆或学校。满大街的在线学习机会日夜等着你。你可以在线注册《虚构故事》或者《好好写》，然后把你的文章放上去，让大家评论评论；作为回报，你也可以评论一下别人的作品。你也可以参加11月的国家写作月活动。去《年轻人》或者其他在线文学杂志上浏览，然后参与下面的论坛评论。如果你有足够的野心，也可以自学YARN上的课程，解决打草稿、写作障碍等各方面的疑难杂症。你也可以去《好读书》或者青年人图书中心阅读并参与热门讨论。你关于写作的想法越清晰，你的初稿就会越得心应手。你可以自学写作，就像所有作家在加入MFA项目之前所做的那样。

你可以创立免费作家组。这时，你会吃惊于自己的自学能力和向他人学习的能力。当地图书馆是咨询的好地方，到年轻人专区，然后跟图书管理员说你想创建或加入一个写作团队。你会发现那里早就有一个每周二晚上集会讨论的写作团队了，要是没有的话，图书管理员可能会笑容满面地对你说："多好的一个主意啊，我要怎样帮你呢？"也有可能你根本不会得到这么热情的回答。那就换一天再去，问问其他人，或者带上你的英语老师或当地书商，又或者是友善的学校顾问，甚至你父母都可以。我创建了自己的工坊，所以关于这一点我有一些小提示。我是从带领我的团队里聚集的人，但是如果你想要一个免费的团队，下面这些指南会对你有所帮助。

● 开始之前先征得你父母的同意。跟你父母讲述一下你正在做的事，因为他们有可能要跟别的父母聊聊你在做什么。

● 你可以用普通老黑墨水在彩纸（当地人很有可能喜欢黄色或橙色）上做一个简单但吸引眼球的海报。清晰写上"年轻作家组"这几个大字、你的邮箱地址（电话就免了）、你父母的邮箱，以免那些忧心忡忡的父母认为你是个儿童虐待者。写上一两句介绍你自己的话语还有你对写作的兴趣，比如"我长期为校报和校刊投稿，我热爱年轻非主流文化，最近我在写某类小说。我涉猎广泛，有时我会沉迷于日本漫画。"

● 把这些海报贴到镇上所有的本地广告栏上。以下这些地方不要遗漏：图书馆、杂货店、比萨店、咖啡店、高校洗手间、娱乐休闲中心、书店、体育馆。请务必跟他们的负责人说一声，除了征得他们的同意外，他们也可能对你的事感兴趣，帮你向他们的顾客宣传。注意：广告栏是个高失窃率的地方，海报经常会被清洁工撕掉。所以我建议你每周去检查一两次，并随时补上新的。我发现黏上透明胶并订上图钉可避免这种情况。

● 保证有一个你们能经常见面的时间和地点，比如星期六下午3点。可以是你的起居室、当地咖啡馆或当地图书馆的雅座。

● 对创作团队来说，当你人数足够组队，两三个人都是很好的开始。电邮知会每个人你们第一次会面的时间和地点，如果你们的计划有变动，那么就和他们商定一个大多数人都可以的时间。

● 既然你开创了这个队伍，那么你就是他们的非正式队长。随时为队伍很可能不断加入处在不同写作阶段的新作家做好准备，这样就有足够的不同阶段的练习可以做了。这些练习可能会让你豁然开朗，也有可能让你裹足不前。市面上有很多这种练习书，你也可以买一本或者去图书馆找找。作为领队，你可以决定他们应该和谁搭档。

● 创作团队第一次会面，你们可以一起商定工作应该怎样进行。因为，可能你想让他们每次交作品的一部分，但其他人则想通过书本练习来热身。其实都可以。我建议方式灵活一点儿，好让每个人都感觉舒心，下次还想来。决定好所有人的工作模式，保证大家感兴趣并定时会面。

1. 你的评判应以积极为主。在你涉及要改进的地方前，列举至少三点你欣赏的地方。

2. 谨记你是在给作者写建议，而不是要你写"消极反馈"。这里有很大的区别。

3. 不要在写建议的时候说"无恶意的"，或者"这只是我个人意见，但是……"因为它们都不必被提及，说了就好像是个人攻击而不是对作品的关怀评论，这些作者也有权利选择听或者不听。

4. 如果你正在看一本小说，就一边看一边评论，猜一下接下来会发生什么事，作者在前面设置了哪些悬念。还有一点就是，长篇小说的推进要比短篇慢。关于这些章节，你的兴奋点在哪里？哪些是你想知道得更多的？要是作者写得够多的话，接下来他会怎样写？

5. 不要觉得逐字逐句"鸡蛋里挑骨头"很麻烦，因为你交上来的初稿很有可能需要修改和校订。

6. 不要一次交多于 15 页的双面打印稿，否则就太多了。记住，这不是沉重的课后负担，而是很有乐趣的事情。

要是你中学时就已经创办过或参加过作家团队，那么大学时的你就是老手了。我强烈推荐你在大学期间至少参加一个创意写作工坊，那里的正式课程工坊会让你受益匪浅。出版过著作的作家们会在那里教授大学的写作课，他们清楚自己正在做什么，所以可以给你很好的关于写作还有写作事业的建议。你甚至可以参加一个不是你专业的工坊，比如，我的经纪人建议，如果是一个散文作家的话，可以去上诗歌课，因为诗歌是简洁的。我朋友莎伦在她读艺术硕士期间参加了一个诗歌座谈会，然后一发不可收拾，立马转向诗歌创作。你永远不知道你会爱上什么。

大型而正式的写作项目、专注于创新的写作、长约一个月的夏季写作联盟、一个你可以定期参加的写作中心等，这些都会让你收获比写作课更多的东西。斯阔谷作家社区就像一个微型的艺术硕士，它每天都会有写作室，与编辑、代理人面对面的机会，名家讲座，行家的阅读或鸡尾酒时间，和项目明星私聊的机会。好处是我可以交朋友。咨询文学杂志或出版社编辑也会是很好的体验。这些联络与组织活动主办方是需要付费的，这也是你参加写作项目所付费用的大部分开销。

但是，你也不用花光你辛苦赚来的积蓄，很多组织都免费或收一点比夏季项目少得多的费用，就会有面对面交谈的机会或者在线研讨会。如果你离中心城市近或在上大学的话，你可以看一下当地的报刊，你会看到各种各样的和作家、编辑、经纪人有关的阅读、讲座还有讨论。同样，也可以关注一下当地的图书馆和书店。这些基本免费的活动可以很好地充实你们的写作团队，你也可以利用这些机会来制定一下你全面发展的写作计划。

可要是你觉得工坊、写作团队和项目就是一帮作家聚在一起，喝着拿铁咖啡，谈论着对詹姆斯·乔伊斯的崇拜的话，那你就大错特错了。当然如果你参加的次数足够多的话，可能会遇上这样的情况。事实上，我教的第一个大学生科幻小说写作课就跟这有点像，尽管当时有风格迥异的 25 位学生。有一位在写色情小说，有一位推崇查克·帕拉尼克的暴力写作，还有一位最近为了获取大学学位放弃了保险销售事业，有一位基本上在做保姆，还有一位来自保加利亚未来的法律工作者——法学院学生，纯粹因为上过我的课、和我很投缘就来了。但我只想说，当他们谈论工作的时候，他们会变得很和谐，没有自我中心或者互不相让。他们共有的就是真心热爱写作，互相支持对方的付出，以及共有的幽默。

但十次只有一次会是那样的。剩余的呢，要不就自我膨胀，要不就是怪老师偏心，要不就是学生作家间的竞争，比如对《青年人》或神秘、科幻小说这些体裁的艳羡或者谄媚。就算这样，你也不要让他们停止你参加写作课的热情。在一个 12 人标准的写作工坊中，可能会有几个这样的学生，你不一定要和他们成为朋友。通常热爱写作、关系要好的同学会一起分享写作工坊的美好时光，课后还会经常联系。与自己不好的同学就不会了。甚至你可能会发现那些让你烦恼的事最终会让你找到新的方向。比如，在我读艺术硕士期间，我一直想尝试一些文学小说以外的东西，所以我抽时间写了一部浪漫小说，然后写了一部神秘小说，现在我在编辑一本青年文学杂志。

如果你向各种可能性敞开胸怀、勇于接纳的话，你将发现事情会变得很有趣。

16　坚持写作

在我刚从本科毕业的几年间，我的男朋友说我的写作质量是由市场竞争决定的，我差点因此与他分手。

"你是在开玩笑的吧？"我反问他。

难道他不知道 20 世纪的很多重要作家基本都没能从他们的作品中获得收入？相反，那些劣质的作品倒是能获利不少，甚至上了畅销书之列。一位作家作品的质量怎么可能是由书本销售量的多少决定的呢？

最好的作品当然也会卖得很好，这样的话才会更吸引人。这一点在其他领域同样适用，比如在学校里。在中学里，如果你刻苦学习，你可能会取得好的分数并且获得更高的学术水平。如果你能设法做到专业成绩高，又不落下体育和课外活动，你可以争取奖学金，进一步则可以争取校级的最高奖项，那就是由奖学金开启进入本科阶段学习的大门。

按照这样的方式，学校是一个培养精英的地方。天道酬勤，一分付出，一分收获。在美国，很多人都认为整个国家都是这样运作的。

如果你努力工作并且最终取得成果，那么你将获得的不仅是物质报酬，还有其他。凭自己的力量出人头地，白手起家获得成功的故事实在屡见不鲜。在历史课上，你可以听到很多这样的故事。你自己的家族中应该也有一两个这样的榜样值得夸耀。我的祖父就是一个很好的例子。他先是一位卡车司机，到后来奋斗成为车主兼经销商。我不是想就这种成功方式发表自己的政见，我提及这个是为了能让你们深刻而准确地领会成功的评判标准，这也是很多人心底里所持有的态度以及用之评判出书者和他的作品的标准。你可能也想用这个去判断你自己。如果真是这样，我祝愿你早日成功。

又或者，你跟我和其他大多数作家一样，埋头苦干努力很久甚至数载，都还在徘徊惆怅"我写得不错，为什么我就不能享受跟我作品质量对等的成功呢?"在这里，我必须告诉你一个小秘密。

这个世界根本就不是培养精英的地方。

有无数真实的故事，不管是显著的还是鲜为人知的，都说明了这个世界是个培养精英的场所。但是有更多其他的故事，都告诉我们所生活的世界并非能够培养精英，而这些故事流传不广，不大为人所知。发生这类故事的个人，我可以列出一大筐，不过，在我的书中泄露他们尚未成功的事于他们而言是不公平的。你们仅仅需要知道的是我能举出的例子涉及各个领域，比如金融业、零售业、法律行业、学术界以及传媒业，这些行业里伟大的思想和难能可贵的作品都不会被转换为市场化的成果（即物质收入）。

你可以问问你的父母，Betamax 录像机跟家庭录像系统，看他们的反应你就会知道。其实，相比而言，Betamax 是一种更好的产品，不过真正在市场上占主导地位并且赢得口碑的却不是它。

我说这些并非鼓动大家放弃。在现实生活中方法还是有的，我们不能对自己说"实在是拿这个没办法了"。

实际上，我说这些是想帮助你培养一种判断能力，让你能对自己的作品说："目前我的作品卖得不好并不是因为它不好。"事实上，你或许会成为下一个詹姆斯·乔伊斯。谁知道呢？

要尝试用不同的标准衡量作品的成功与否，而不要仅仅根据作品在市场上的销售量判断其质量。想想朋友和陌生人都给过你什么样的建议；对照一下你以前写的东西，看看自己的水平是否有所提高；想想你写过的东西是否帮你顺利参加过一次研讨会，或是争取到了夏季课程资格，或是在某次竞赛中得了名次，抑或是得到过老师的赞美；仔细想想自己的作品有没有触怒其他人；近期是否有人关心你的写作内容，等等。

不管你做什么，都不要重复比较这种行为。如果你一直在想着"我的作品比她的要好"，或者"我的作品比不上他们的作品"，又或者"他的作品不如我的，为什么却能进入畅销书行列"这一类的问题的话，我可以确切地告诉你，你是想不出任何结果的。相信我吧！我已经思考过无数次了，却一无所获。

艺术，是非常感性也十分主观的事情。这是我有一天晚上参加一个读书会时得到的深刻体验。主讲人是我最喜欢的一位教授，已经出版了好几部小说。当晚，她给我们讲了一个她曾经想方设法去出版却不能如愿的短篇故事，这个故事真的很棒。生动有趣与智慧兼具，又不失艺术特色，所有你对短篇小说的期待它都能满足。我就在想，如果我是编辑，我早就让这个故事出版面世了！还有一个例子，上网搜一下杰克逊·波洛克*并认真欣赏一下他的一幅滴画，看看你会有什么感受。20 世纪 40 年代，当他开始创作滴画的时候，并不是每个人都相信他是个天才画家，甚至有的人觉得他精神失常。如果你没有预先知道他的作品被陈列在大博物馆里面，你会觉得这些作品很优秀吗？还有，你的小妹妹，她又会觉得它们怎么样呢？在一本我最喜欢的儿童读物里面，有一只早熟的名叫奥利维亚的小猪看到波洛克的作品《秋天的节奏》（作品 30 号）时对她妈妈说："这样的作品我五分钟之内就可以完成了。"但当她回到家去尝试作画时，发觉时间用尽了也画不出来。

到这里不难总结了吧！每一个人的聪明才智别人都不一定能学得来。

在你觉得会紧张时，我得先声明一个东西，让你冷静一下：你自己不是在创作举世无双的大师级的艺术品。我喜欢的大多数作家也没能做到。不是说非得要你用自己未被认可的方式创作出前所未有的作品，你才能感觉良好并坚持做下去。每一位作家都有他自己的一套方法。对于极少数的天才作家来说，他们所做的就是在他们的文学功底基础上融入一些新的东西从而形成自己的作品。而我们中的大多数人则是，塑造一个独特的人物形象，设计回旋紧凑的情节，或者是撰写一些诙谐搞笑的对话。

对于我们来说，就是必须坚持不断地进行写作。努力不代表一定

---

* Jackson Pollock，美国画家。

会获得成功，但是，如果不努力就一定不会成功。

当然，你也别把你想进行的创作想象得难度太大。对于想法创意、人物形象、动作语态和作品风格的要求并非是一致的。作为作家，你需要懂得区分优秀的、很好的、一般的和不好的作品分别是怎样的。其中，有些进程会比较主观，最终也需要靠自己判断和决定自己所写的东西是否有价值。我一直认为，如果你的脑海里一直有个声音说你的作品很枯燥或者很没有说服力，而你的好友又很温和地跟你说，她每晚读你的作品都特别想睡觉，那么就是时候放弃你手头的东西了。有时候，我自己会下决心不写作，然后把它们扔到一边或者存到硬盘里。但通常我都需要我最忠实的读者的支持。

而有时候，与之完全不同，我坚信自己写得非常好，发疯似的把作品完成之后，得到了一些忠诚的读者的高度好评，急忙赶去出版社时，却发现别人已经写好并出版了跟我有同样故事情节的小说。我不会告诉你那些编辑们看到我的小说样稿之后的评论！除了我们处理材料的形式不同，那部比我先出版的小说已经上了最畅销书单之列！毋庸置疑，市场是不会允许两本内容相似的小说同时存在的。没错，就是"市场"！又是这个词儿！

最近，我对于优秀作家和作家的理解和定义又提高了。在我 20多岁的时候，很长一段时间里，我的手机开机后就会有一条标语弹出："努力成为一名作家！"这些年来，我对作家这个词语的定义非常狭窄，仅仅是"坐在椅子上写自己小说的人"。而现在，对于作家，我的定义是写小说或者非虚构作品的人，包括编辑故事、指导写作。对于我来说，编辑和指导跟写作本身一样重要，因为在这些过程中，处理文字、文学和思想的过程其实也是参与写作的一部分——怎么说呢，也算是在写作。从这个角度来讲，艾米莉·狄金森一生中创作了1 500首诗，而发表出来的不过12篇。可是会有人认为她不是个伟大的诗人吗？

正是因为这些年来我经历过的成功与失望以及写出的作品，才有如今我对"作家"的广义定义。很久之前，我之所以可以从沮丧中振作起来，就是因为我把为了写作而做的努力以及从事的相关活动也定义为"写作"。如果不这么想，我可能会经受更多的失意。我希望这些可以对你有所帮助，至少不会让你的厌恶情绪加深。

17 路途坎坷

任何值得做的事都是困难的。

——民谚

生活能给的最好的奖励就是拥有努力做有价值之事的机会。

——西奥多·罗斯福

世上有两种作家：喜爱写作的和憎恨写作的。但这两种作家除了写作都不知道活着能干什么。我很幸运我是第一种。所有我喜欢做的事都和写作有关：阅读、教人写作、编辑，还有坐下来写东西。但这不代表一切都是有趣的，也不都是小菜一碟。

当学生在写作过程中遇到一些难以解决的问题时，我时常在写作课上引用上面的第一个引文，而且我对我吐出的每个字都深信不疑。我刚坐下时，打算为了这句话而写这一章，然而，把东西写于纸和说出来相比较，写出来必须是更严谨的——我发现，这句话不一定就是真理。

烹饪，至少对于我来说，是不难的，当然对于瑞秋·雷或者马里奥·巴特利（把你喜欢的名厨都加上）都是不难的，但是烹饪很值得做。

接吻，不难呀，但值得做！

开车也是。

还有，和朋友在周六早上打网球（好吧，去温网公开赛打网球就是件难事了）。

顺着我的思路，你可以说出很多不怎么难但是值得做的事情。说出例外来推翻第一句引述简直太容易了。

这也是为什么我更喜欢罗斯福总统那句引文的原因。这两句话的核心内容是一样的，但后一句没有武断地说"任何值得做的事都是困难的"，而是说，能有机会竭尽全力做值得的事是幸运的。（从马克·扎克博格的整篇演讲来看，我觉得他也会同意我说的）。

是的，这就是写作的生活！

当然，我也知道我的老师们、各位 CEO 还有其他一些人还是支持第一句引文的。我们会担心，如果不把这句话变成他们的信条，我们的学生或者爱慕者就会变懒了。对于那些关心下属未来发展的掌权者来说，没有比浪费人力潜能更糟糕的事了。

事实上，一开始，我写作就是因为懒惰。任何与词句有关的事，对于我都是简单的。首先是书写（虽然我没有保持这项技能），然后是语法，还有英文课。我想这些于我如此简单，我一定是个天才。当我把我在英文上的表现和能力与在几何或者化学或者该死的体育上相比较后，我对"你这辈子要干什么"的答案是显而易见的。我难道还能有别的追求吗？比如音乐，虽然我也擅长，但却难成大师。显然，写作方面的巨大成功就在下一个路口等着我。

遗憾的是，在文学方面崭露头角却让我走上了过度乐观的道路。我第一个大学预科时的舍友，当时是一个纽约大出版社的编辑助理，当她读了我第一份小说手稿，并说她认为我的小说潜力巨大，可以在几年内出版时，我整个人都跳起来了。"几年之内！不是吧？"我当时还想着在几个月之内就能卖出去。

而现在，写这本书就是为了不让你像我当初一样失望，或者，至少给你一个心理准备——失望是不可避免的。

虽然我早就强调，做一个作家是不容易的。但对于我，写作就是罗斯福讲的有价值的工作。每天我都有机会努力做这项工作，我对此满怀感激。而这项工作的确需要努力，因为它难。

当任务很艰巨的时候，我可以和你说，不是因为我懒，工作才难。真的不是，我可以提供更可怕的原因，某些时候，在纸上写字简直比死还难受。那些时候，我宁可读书，或者睡觉，或者烤蛋糕，或者和朋友聊电话，或者在我朋友的 Facebook 上面表达各种情绪。

我就是拖着不写。我清洁厨房，我网购，我打电话给朋友，我睡觉。

我这么做，是因为有一股黑暗力量把我想写作的心情吸走了，即使写作是少数能给我乐趣的工作之一。

在百分之九十的时间里，不管我有没有发现，让我不能坐下写作的就是害怕。

害怕我写的东西一文不值。

害怕我写的东西无人问津。

害怕我写的东西无聊到让读者睡着。

逃避恐惧最保险的办法就是逃避写作，不是吗？

有时候我写的东西的确无聊透顶、无人问津。但是，这总不该是我停止写作的借口。我从写作抽身，去做别的事。当我发现我正在写的东西因为某些原因"不对劲"时，我会感到非常烦躁，但是如果我什么也不写会更烦躁。

剩下那百分之十，让我不能坐下写作的是气馁。

往深处想，其实气馁也还是因为害怕，害怕我写的一文不值，我写的无人问津。好吧，这就是为什么写作对于我来说很难的内在原因（我希望在这本书的剩余部分接着讲罗斯福的这句引文——为什么写作还是有价值的）。

写作之所以是困难的，还有几个实践上的原因。

首先，时间是个问题，尤其是你年龄大了，工作、家务、家庭和朋友占用你的时间越来越多了。我知道我给出了关于草稿和时间规划方面的各种建议，但事实上，要腾出足够的时间来写有意义的东西，我就必须在别的方面少花心思。这是一场零和博弈：一天只能有24小时。我必须思考，我得放弃什么以便写作。睡眠？运动？还是和朋友的小聚？

时间，最终还是让我妥协一切，这也是为什么我选择教学工作而不是去做一些更具挑战性又更赚钱的工作的原因。在一个写作夏令营里，我担任助教，而当时的导师是一个高中老师，也是一个出过书的小说作家，他说他经常得回答这样一个重要问题：时间和金钱，哪个更重要？他最终发现，对于他来说，时间远比金钱更重要。例如，他宁愿请个水管工来修污水槽，而不是自己干，那样他就有更多时间陪家人骑自行车和写他的小说了。我怀疑，这样的观念对他的职业选择影响巨大，因为他知道他想写作。当我听完他讲的这些，我突然发现了他的答案也是我的信条。

这个问题值得你思考。虽然面对答案，明白你也许得牺牲另一些喜欢的东西去追求你的写作梦是艰难的，除非你是个足够幸运的作家，可以找到完全与写作相关的工作，记者、编辑、广告或者其他你可以每天发挥写作才能的工作。这样一来，你也许不必放弃太多，因为你也不会在业余时间还想写个剧本。

好吧，我已经说完了这部分的生死攸关的东西。让我们回到一些实用性的问题上吧。

要学习怎么写得好——好到可以出版发表——是很难的。事实上，写作是一辈子的旅程。我总是在寻找老作品（因为我坚信世上没有完全新的东西），所以我也总是觉得自己还在上学，不断地在教自己怎么写故事、写文章。我太喜欢做学生了。有时候，看本书都不能像正常人那样纯粹为了休闲，真的很累。我总觉得自己应该想想，这本书为什么出色。

写得好是很难的，但仍然会把一些精华扔进垃圾箱——于我，就是把它们放进我电脑里永远不会看的文件夹——因为这些文字真的不行，哪怕我已经写了几个星期，甚至几个月。有一次，我甚至把整部小说的稿子扔了，再从零开始，以原来的主角开始。因为一开始我为她创造的情节就支离破碎、不连贯，最后简直找不到主角。

当写作风险高时，写作就尤其难了：正如当你要在研讨会上交点什么，或者把它发给代理人，或者把它发给你的编辑。你知道吗？几乎每一份出版合同都有这样一条规定，如果出版方认为你在完成甚至修改书稿后还没有达到要求，他可以拒绝你的稿子。这些都是高风险的，都让我很紧张。还好我们有伴，有一个我非常喜欢的作家，还是一个国家级文学奖的获得者，她曾对我说，她最近把她最新的稿子交给了编辑，而她非常害怕将要收到的反馈。哇，我想，紧张无极限啊。

在"出版"这一部分，你会知道我曾经有五次在没有被承诺出版的情况下，被要求修改我的作品。好吧，现在让我谈谈另外几个我曾收到的直接拒绝，这些拒绝来自于一些我投稿短故事的文学报刊，来自于我投稿小说的代理人和编辑。总共说来，都有几百次了。当然，我还有伴——杰克·伦敦在早年收到过大概 600 次拒绝信！凯瑟琳·斯多克特的《帮助》（*The Help*）（这个女作家的畅销书）还被拒绝过六次呢；约翰·克里·惠利（美国的一个现实主义作家，作品面向年轻读者）为了找到一个代理人出版他的《回归之处》（*Where Things Come Back*），共花了四年时间，这部书后来获得了很多奖项。我不确定弗吉尼亚·伍尔夫究竟承受过多少次拒绝，但我知道，她是通过霍加斯出版社出版了她的小说，而这家出版社是她和丈夫莱奥纳多一起创办的。她从根本上完全回避了拒绝，就像现在很多作家都选择自己出版电子书籍，或者诸如此类。

我知道，我在这本书里从头到尾讲了很多被拒事件，不过我想，这些拒绝是多么有益，真是说不完的。我是认真的。如果我从未被拒绝，我现在就不会那么享受我的成功，我也不会做好足够的心理准备接受批评。我不知道这些内容会对这本书造成什么具体反应，但我能想象出三种可能：满意、不满意，或者"令人窒息的沉默"。我已经抵挡了很多的不满意，任何形式的都有，甚至是针对我的出版物的公开苛责。满意、赞美当然很好，但我如今都会抑制自己的沾沾自喜。我以前从未想象过"令人窒息的沉默"的可能性，直到我的一个教授谈论他收到的第一部小说的反馈。他说，当他写小说时，他就想到了有些人一定会厌恶，而有些人会很喜欢，他为此感到一丝兴奋。然而……什么反应都没有。几乎没有评论、没有毁谤、没有热烈的争论。只有令人窒息的沉默。这件事告诉他，并不是所有人都关心他写了什么。不过他仍然坚持写作，现在，出版了四本小说之后，很多重要人物都在关注他写了什么。

所有这些都让我重新回到罗斯福那句引文："生活能给的最好的奖励就是拥有努力做有价值之事的机会。"

在任何事上下工夫都是艰难的。写作是艰难的，当我们竭尽全力去把它做好时，无数的艰难会随之而来。

不过，如果生活不给我们这样的奖励，让我们在写作方面努力，生活得有多糟糕啊？当我们下一次还想抱怨写作生涯多么残酷时，就想一想这句话吧。

18 战胜挫折

当我还是一个高中生的时候，我自认为是一块写作的料。那时我还在乐队里吹长笛，我毅然放弃所有的练习，把用在音乐上的时间全都用在了写作上。后来我成了校报的主编，为报社写文章和社论。同学经常读我的作品，人们也把我称为"作家"。我在那些需要写作的课程上如鱼得水。但我自认为高人一等的地方在于我在演讲和辩论方面的成就，特别是在参加 OPP 时期取得的成就让我飘飘然。

我在这本书的"反馈意见"一章中并没有提到的是，OPP 的成员其实形形色色，他们的说辞可以套用在不同的场合，但其实只配在加州和对手同台竞技，却难登大雅之堂。在原创作品里，你可以找到爱好脱口秀的辩论者、渴望写电影剧本的戏剧翻译者，以及像我这样长大后想成为小说家的艺术爱好者。因此，你可以发现各种类型的原创题材——搞笑的、悲伤的、忧郁的、乏味的，关于这一点我和我的伙伴也多次讨论过。这些原创的作品受众大多是父母以及利用周末时间消遣的普通民众。这些人怎么能区分出一部反映受虐的悲情剧或者短暂的浪漫史以及一部讲述一只会说话的冰箱荒诞历险之间的区别呢？尽管幽默和荒诞总能占据市场。

这也使得我那些缺少搞笑因素的故事大获成功，让人印象深刻。在我最得意的那三年，我塑造了三个角色，一个是必须在一个遭受欺凌的男孩和自己的爱好之间做出选择的女孩，一个是画画栩栩如生的男孩，一个是在森林里跟女孩讲话的影子。

这三年也使得我开始在我们那里跻身优秀原创写作者行列，并有望在全美国大放异彩。这着实引人注目。很少有新人能做到我这样，并结识很多有标杆作用的成功人士。我确实做得有很好，但那一年对我来说，重要的不是我做得有多好，而是我得到的声誉——部分原因是我父母其实不同意我走太远。他们不喜欢一个才 14 岁的女孩出现在有许多高中男生出现的场合，更不用说大学生才应出现的场合。但我的指导老师跟我爸妈承诺会照顾好我，然后把我带走了。在那些春风得意的日子里，我记得最清晰的是一切都让人愉快，我演绎着自己的故事，并且和其他创作者谈论写作、大学和电影。

第二年，我不太记得了，多奇怪。你可能也不太记得二年级的生活。我们再也不是新生了，也不是高年级生。某种程度上说，我们什么都不是。但还是请向前看。尽可能地演说。我知道自己做得挺好的，但可能在辩论这方面做得比创作好。

第三年，我出名了，名声大噪，我带着自己那个描述男孩画画栩栩如生的故事到每一场比赛，学校每一年在每一个演讲的领域都会有一匹黑马，而我就是那一年的黑马。我理所当然地来到全美国的舞台，每一轮都杀到半决赛，等着被人挖掘、被人赏识，我差点就进了总决赛。

那一年，人们仍会讨论我的作品。当我不在的时候，他们会这样说："你有没有听过男孩和绘画的故事？那是好故事呢。当心，千万别和她在同一轮比赛中碰到。"当然，也有批判我的。那些人不喜欢我的超自然思想，或者认为我根本就是个大幌子。但无论我是收到批评还是表扬，我都是人们议论的话题。我也算有观众了。

很好，这一年我没有进入总决赛。但我还有一年呢，最后一年我要迎接属于我的光荣。

我开始创作另一个故事，创作过程并不顺利，也没有之前那个好。但我还是写了那个故事，讲述一个女孩和一个影子在森林里成为朋友的童话故事。

你知道这种感觉吗？当你在创作自己觉得好的东西时，却感觉浑身不自在。

当我在写第二个故事时，一直都是这种感觉。

其他学校的创作者含着眼泪听我讲述了这个新故事。

我是那匹黑马。

你知道接下来发生了什么吗？还是得回去看这个章节的标题。

是的，如你所想，我甚至都没有进入总决赛。

结果总要面对，无论我有多忐忑。我有点小紧张，但却不像上一年那样怀疑自己的能力。

我看了那份（进入总决赛的）名单。

我又看了一遍。

朋友们的目光由我转向那份名单，一脸的难以置信。

一股热泪滚过脸颊。

指导老师冲过来，把我推到一边。

"你必须给学弟学妹们做个好榜样，"他说，"他们还指望你给予他们期望，让他们知道什么是高尚。"

呵呵，一个高尚的失败者。

其实，我一点都不关心那些学弟学妹。

我尝试给胜利者一个祝福的拥抱，接受那些敷衍了事的慰问和表面的愤慨（"今年的评委太差了，你肯定不会相信是哪个愚蠢的人录入的数据"诸如此类），然后我冲出人群，找一个阳光明媚的地方大哭一场。

第一次惨败，败在我深爱并为之努力奋斗的写作上。这比我输掉中学那场短篇故事比赛还让我伤心，那场比赛上，对手只会用这样的句子——"猎豹扑向猎物"——在我看来那根本就是堆砌和敷衍。因为，等着我的是评委对我的质疑，质疑我是不是真的会写故事，而我确实写了。

我是不是太过信任交往了四年的这些创作者？

我是不是忽略了学弟学妹们？

我有能力赢得比赛吗？

可能吧。

是吧。

但我确实在头两年登上了全美国的舞台，我也曾是一匹黑马，这些都是事实。

我还是会感到伤心、受伤、生气？

接下来的几个月，我是不是一直在诅咒那些评委？

你说呢？

我是不是好长一段时间都沉浸在痛苦中？

是的（接下来的二十年都在痛苦中度过，你没有感受到吗？）。

我是不是很憎恨在颁奖典礼上每一次为获奖者鼓掌？

恨！

如果有可能，我是不是应该回去，扭转局面？

不可能。

这次经历让我知道，作家很少能得到他们应得的，我很庆幸我提前上了这堂课，它教会我把所有的拒绝和失望变成自身的洞察力。

你知道从那天起我遭受了多少拒绝？数以百计。那些我投过稿的文学社和工坊拒绝了我的作品，每一个我都得重写。还有那些经手我这些年一直在写的小说的代理和编辑。在我大四这一年，唯一算得上打击到我的拒绝只有一次，那一次，一家大型出版社的编辑邀我面对面座谈，想要了解一些我个人的见解，但后来他还是否定了我的这些想法。

我在这一次重大的打击下撑了下来。不是说后来遭受的否定让我受的打击少一些（其实每次被拒绝就像在这条路上绊倒一次，只是第一次的感觉最糟糕）。时间向我证明走这条路就是这样的，而我也继续着我的写作。

我知道，我看起来像在煽情，但其实我并不打算这么做。我并不打算弥补这次遗憾。要知道，我至少出版过一本小说。所以我知道在面对拒绝时应该说些什么。我仍会遭到拒绝，但我已经有了自己的见解：鸟儿依旧歌唱，咖啡仍旧美味，好的书和电影仍然能打动我，而我还是有一些故事要告诉你们。

　　当你第一次遭受挫败时，面对它，战胜它。你可以选择狂吃、扔飞镖、在房间里大喊大叫。但是不要让它影响到你。然后，把这本书从你的书架上取下来，重新读一遍这个章节，轻轻地抚慰你自己。

　　你永远是创作这个领域里的一员，不要让心怀怨恨的人把你打倒。记住你是怎么进入写作领域的：是因为创作时你清楚自己在做什么。

　　不要放弃。

　　正如多萝西·帕克所说："写出好作品就是最好的报复。"

19 非比寻常

我读高三的时候，偶然读到一本书——SARK 的《有创造力的伙伴》（*A Creative Companion*）。这本书对我有非常深远的影响，可是很奇怪，我竟然忘了我是怎么开始阅读这本书的。当我打开这本书，我立刻就爱上了 SARK 般的颜色、天马行空的创造力和里面的世界。

这本书里满是打动读者心灵的手写的彩虹般绚烂的便笺。SARK 引导我："做真实的自己，财富就会接踵而至。"她让我相信"你对创造性自由的渴望比任何东西都重要"。但最震撼人心的是这句"你非比寻常，奇缺而非凡"。（不，"非凡"一词的出现不是排版错误。SARK 所讲述的既美妙又非凡，她的用词都很直接，尽管碍于面子，但我必须承认这两个词着实让我这么一个才疏学浅的人花费时间去揣摩它们之间的区别。）

这本书真的触动了我的内心深处。读着她那些如孩童般幼稚的手写体，我似乎是在接受和我自身息息相关的讯息——不是单纯的来自远在旧金山的一个作家，而是她在这本书里引导并扩散开来的一股力量和思想。当我知道 SARK 选择当一名艺术家，让她的生活充满快乐并得到物质上的满足，当我知道这种创造性的生活是她的唯一时，我创造的欲望突然就征服了自己。我的目标似乎触手可及。

她的情感和思想是会感染人的。我把这本书带去周末的一个演讲比赛，在举办这场比赛的汽车游行中大声地把书里的内容朗读出来。当我和同伴走向停车场的时候，我们用尽全身的力气大声地朝对方喊："你非比寻常!"在每一轮比赛结束时，我其他学校的朋友也像我们这样做，当我们在大厅里遇上彼此时，我们朝对方喊"你非比寻常"。

我不清楚自己怎么定位那场比赛，但我很高兴自己那样做了。SARK 的书无关输赢，而是关于创造性以及创造性生活的热情。我和我的朋友们都觉得这场比赛可以不在乎输赢，重要的是我们参与了。我们是众多作家和演员中的一员，我们相信我们的文字和行动能够打动人。

接下来我要讲的是《死亡诗社》(Dead Poets Society)，你没看过?现在就去借!我努力不在这里剧透，但我可以很肯定地说，这是一部很复杂的电影，影片的结尾既不喜剧性也不梦幻。但说到它的复杂性，既不是指它表现出来的复杂，也不是说它像中学和大学时代看的其他电影一样。我喜欢这部影片的原因在于，男孩之间因为诗歌而碰撞出来的看似荒谬的火花而结下的友情。在那一幕华丽的场景中，男孩们在金秋日暮下踢足球，贝多芬的《欢乐颂》伴随左右。那瞬间，全世界洋溢着欢乐，他们找到了彼此，还找到了一个因为诗歌而赏识他们的老师。

尽管我不喜欢运动，也不写诗歌，但这是我最喜欢的电影之一。电影里关于友情和自由的场景对我的影响就像 SARK 在那场演讲比赛中给我的启发。当我和朋友分享 SARK 的故事时，我才深刻地和她感同身受。我愿意这样想，在没有利益牵绊的情况下，作者对读者的期待，应该就像我那天和朋友分享时的感受。当然，作者也希望自己的读者能有点声誉和地位，但所有这些带有个人色彩的渴望的最初，肯定是一句天真又诚恳的"嘿，我又出新花样了，你要不要看一下"。分享自己的作品使我们与自己爱的东西形成一个共同体，我们可以扮演吸血蝙蝠，演一出喜剧，甚至诵读死亡诗歌，无所不能。

这些共同体的生命力异常持久。我在大学里最要好的朋友之一丹尼尔，收集了许多 SARK 的书，而她现在也成了一名享有一席之地的艺术家。在学期末，人们在我的毕业录上面写"你奇缺而非凡"。而在 20 年之后，有人在 Facebook 上加我为好友时也提及这句话。那些日子里和我一起迷恋 SARK 的两个朋友现在仍然是我最好的朋友。一个是丹尼尔（前文提到过），另一个是莎伦·马歇尔，和我一起创立青年评论网的人。比起那些比赛或者中学里的滑稽搞怪，我们三个人更清楚地记得的是 SARK。在这些年里，我们三个人在世界各地生活或旅游，有时一起，有时单独。岁月流逝，我们已经有了两个孩子，四个丈夫，三篇博士论文，至少五篇小说，无数的短篇故事，以及为一些中学报刊写了很多社评。

我们三个仍是很要好的朋友，我不会拿友情跟出版一本小说交换——这其中另有故事。他们二人这些年一直毫无余力地支持我和我的创作。当然，不是说他们不仅仅对我说我很棒。他们对我说真话，我很看重这个，也很耐心地聆听他们对我说的话。

我相信是 SARK，这个素未谋面的作家和艺术家，在那天用那块试金石，把我们三个人联系在了一起，走过数载风雨。如果这都不是文字力量的有力证明，那我不知道还有什么。对我来说，这就是一个使命。

第三部分 | 展望出版

20　谋生之道

写作是你的业余爱好还是工作？

这个问题，我已经同我的丈夫迈克争论过很多次，当你执着地在写作的道路上坚持的时候，你不得不经常受到你的父母、朋友和老师的质疑。

猜猜为什么我会思考这个问题？

是的，不出你所料，我没有得到报酬。

这个原因让迈克认为写作仅仅是我的业余爱好。

所以对于他来说，问题的关键是金钱。如果写作不能让你赖以生存或者支付房租，就是业余爱好。业余爱好可以让一个人投入巨大的热情，做自己喜欢的事，但是这不是工作。

正如他们所认为的，这样的工作仅仅是临时工作。

但是你是一个写作者，所以你能够深刻领会这些词语间的细微差别，对你来说，"业余爱好"不能代表你所做的一切。"业余爱好"意味着副业、周末的爱好，因此你不能够花大量时间在电脑前从事写作、拒绝朋友们的邀请、面对文字所带来的焦虑以及用词的苦恼，当陌生的读者阅读或评判你的工作时，你也不要感到紧张。

嘿，这里又要说到"工作（或职业）"这个词。

当然，写作是职业，如果它曾经是你的工作。它也是艰难的。写作也许是你毕生想做的唯一的事情，但是它真的非常难。它需要训练和提高、许多次失败的尝试。你一方面专注于你有酬劳的工作，但是另一方面，在晚上和周末，写作才是你的工作。这时候，写作也是一份赖以维持生计的工作。

当然，我的撒旦小魔鬼会从肩上跳出来——小小的迈克会说，它终归是个爱好。

让我举个相关的例子。我们有一个朋友叫菲尔，菲尔和他的妻子乔几年前从伦敦移居到纽约，因为乔是一位心脏外科医生，她获得了在纽约的一所医院非常好的职业机会。这需要菲尔辞掉他在伦敦的工作，但是因为签证的问题，他不能立即获得工作，所以，他有大量的时间去做他喜欢的事——三项全能运动和摄影。因为这些爱好，他不仅把他们的公寓装饰得非常好、极富艺术气息，他自己也比实际年龄看起来至少年轻了十多岁，他因为参加三项全能运动而在全世界获得了巨大声誉。他看起来非常快乐，日子过得非常充实。

当然他也付出了巨大的努力，通过刻苦的训练，忍受了许多次失败的尝试，才获得了在全能三项运动和摄影艺术上的成功。

这是业余爱好还是工作？

某种程度上说，我也同意"小迈克"的观点：菲尔的工作是缘于他对爱好的坚持与努力。为什么？有一些客观的理由：菲尔不用担心他的摄影和三项全能运动是否能给他带来报酬。也许这样也挺好的，我可以肯定，这些都不是他的目标。

对于许多写作者，像很多阅读这本书的写作者来说，他们的目标是通过写作来谋生。

菲尔的摄影和三项全能运动是工作，但它们不能等同于用以谋生的工作。他只是足够幸运，可以让他的爱好来充实他的每一天。

现在我们来看看一些事情的结果。你能从事一项职业，这项职业也许是辛苦的、沉闷的、薪水微薄的，但是不能称之为用以谋生的工作。

让我们花一分钟来看一个更明显的例子。

朱莉做一些临时的工作，以换取薪酬支付房租、买生活用品，但她的爱好是烹饪。有趣的是，她打算将烹饪作为她的职业，她在网页"法式幼儿烹饪艺术"上展示每一个食谱，在博客上展现她的成功和失败。她的博客很快红了，得到《纽约时报》的赞扬，最后有电影制作人和代理人来与她讨论合约问题。

这非常棒，那么，这是业余爱好还是工作？

看起来，烹饪和写博客都是业余爱好、副业、周末的兴趣爱好。

但是，读了她的作品之后，我发现，烹饪和写博客都是一项艰难的工作。有时候，她不得不强迫自己完成这项任务，不得不牺牲自己的睡眠，走遍整个城市去寻找她需要的食材。

但我是一个作家，为什么写作不能称之为职业？我的意思是，她最终还是会写作。她实现了她的梦，最终因此而获益，使她的工作不再是临时的短期职业。

我不是伪君子，难道她写博客不是一项工作？

但是为什么我这样说的时候如此犹豫？

也许是因为我意识到，我写下这些是由于写作是我的职业、我热爱的工作，而不仅仅是用以谋生的手段。我确信我感觉得到这是一份工作，但有时候我也会认为这是一份吃力不讨好的工作。

但是现实的情况是，除非你能通过写作养活你自己，否则它不能称之为职业，而仅仅是一份工作。

但是我的"小迈克"和其他人都会告诉你，说写作是业余爱好也是不对的。

写作不是"业余爱好"。

写作是如此艰难地使人不能够将它与休闲、娱乐联系在一起。它是一份职业。也许它并不会回报你——所以你不能同意它不是工作，让其他的人认为他们在某种程度上赢得了争论——但是从你个人的自我价值、看着其他作家长年累月地利用空闲时间辛苦致力于自己小说的写作，你也许会说，这是一份职业。

我写下的这些都是我书中的意见，我依然觉得这样的想法有点笨：你想从写作之路中获得酬劳。在与其他的写作者讨论这个问题之后，我发现我陷入了另一个难解的困惑：爱好、工作、职业。如果写作可以让你获得酬劳，但并不足以让你支付房租、完成照顾小孩的支出或者还得从事其他工作，你会坚持你的写作吗？

如果三项全能运动有大量的奖金，将会怎么样？

难解的问题，不是吗？

在我看来，这就是我最初的观点：如果涉及金钱，那么它就是工作，这一工作随之而来的重点有——老板、编辑、截稿日期、职业焦虑等。如果这项工作仅仅能得到微薄的薪水，你不得不从事另外的工作，当你读到这一章时，我抱歉但首先要说，"找一份真正的工作吧。"

21　正式工作

　　既然每个人都会问你如何赚钱，当你为你的伟大的美国小说努力开夜车的时候，你不妨先想好一个答案。而且实际上，你也需要一个答案。因为写作并不一定能给你足够的报酬，让你支付房租和购买食物。当你还没有把这本小说交给代理人和编辑之前，你的写作也许就是一种冒险行为，甚至在你交稿之后，你也还要面对修改、细微的调整等。你的辛勤工作也许会让你先获得一半的酬劳，如果你足够幸运，还可能事先得到全部的报酬。

　　但也许你并不打算成为一名用英语创作的小说家，比如像我这样。也许你同样爱好化学和诗歌，打算为前者工作，而后者仅仅是涉猎。也许你想成为一名工程师，服务于你的国家或者成为一名无国界医生，但你偶尔写作。也许你感到烦恼，你还没有找到你的目标或者风格爱好等。

　　不管你是或者想成为哪一类作家，现实生活中，你真正的工作必须是有利于培养你的创造精神，而不是扼杀你的写作创意的。这对于不同的作家意味着不同的事情。

　　对于一些写作者来说，最真实的灵感来源是得到一份并不很明确的以写作为目的的工作。当农民、计算机程序员、餐饮业从业者、警察——这里提到的仅仅是少数，他们的工作并不能很快地有利于他们发表作品，但是他们每天的工作和从工作中获得的细节与感受都是独一无二的，因此，他们能获得大量权威可信的一手资料——如果他们最终从事写作的话。如果迈克尔·克莱顿没有他的医学背景，他的小说可能不会有那么多细致有趣的科学事件。如果亚瑟·克拉克没有在英国空军的飞行经历，他可能写不出《2001：太空奇幻旅程》（2001：A Space Odyssey）这样的巨著。像这种情形，写作之外的正式职业不仅给作者带来了稳定的收入和职业安全感，还让他拥有大量的可运用于写作的经历和材料。

很多作家并不是一开始就以写作为生的。我的老朋友、写作伙伴、青年评论网的合作创办者莎伦，她的丈夫詹森·马歇尔正是这种情况。詹森拥有康奈尔大学的博士学位，他本人的在线简历中写着："服务于加州理工学院的一所科研机构，从事银河系光束和类星体红外线发射研究。"（当然，我对此一窍不通。）长期从事空间和数字研究使他拥有极好的知识储备，当他成为一名作家并在 www. quickand-dirtytips. com 上写作时，平时的学识与素养使他能从容应对"如何使数学更容易"这样的栏目，更别说其中的乐趣了。他还写了一本类似于简易数学的书。

不像我，早期的大量时间都被消耗在学术上，现在看来，这些都"扼杀了我的写作创意"。像马歇尔、克莱顿他们所从事的都是能为写作创造灵感的全职工作。在我看来，这些写作者从他们的工作中获得了足够薪酬和社会地位，可以骄傲地说"我是一名医生"，或者"我是天体物理学家",这些每天的日常工作能让他们获得真实而特别的灵感。他们成为作家往往是因为他们真的想拥有正式职业以外的工作,或者成为一名作家,或者曾经有个要成为作家的梦想。但也许这都是锦上添花的说法。我也知道,写作意味着和大多数作家一样,要平衡"真正的工作"和写作之间的关系,他们也许要放弃更多的业余时间、娱乐活动来从事写作这项工作。事实确实如此,我的许多朋友经常会谈到为了写作自己付出了多大的代价。

对于一个作家来说,兴趣广泛益处很大。广泛的兴趣爱好可以使写作者搜集他们感兴趣的、追求的、有用的信息,吸收、消化这些信息并运用于写作。一些作家的兴趣爱好可以使笔下的角色更加美好。对于我来说,如何将我的兴趣与我作品中的角色联系起来,使内容整合得更好,是我经常思考的事情。

当然,这样的设计需要反复尝试。例如,大学毕业后,我在古根海姆博物馆的管理部做过实习生,因为我曾经认为我喜欢博物馆或者画廊。我为艺术类杂志写作,写一些充满艺术气息的小说。我以为这些艺术活动会与我的写作融为一体,增加我的创造力,而实际结果是,我花了一个夏天的时间来认识博物馆是如何运转的,这些恰恰证明了它根本不是我想要的工作。那些"艺术"停留在我的小说作品中,但是其他的仍然停留在橱窗上。后来我试着开始另外一份工作。有近四年的时间,我从事教书工作,这与我的写作爱好很好地融合在一起,接下来的八年我都在从事编辑工作,这对我的写作也有很大促进。

但是对于你,也许是在位于诺德斯特姆的一个咖啡馆或者是附近的小餐厅里做烘焙,像我身边的诗人朋友一样,也可以开创绝好的职业生涯，比如写作烹饪书或关于美食、美食家的神秘小说，像丹尼·莫特戴维或者迪纳亚·戈登那样。如果要我告诉你哪种工作能直接带给你写作灵感，这是不可能的。重要的是要在你的人生之路上保持灵活、积极与开放的心态，面对生活中的各种可能性，对于写作者来说，就是吸收各种灵感、体验生活的好机会，工作也会变成生活中很重要的一部分。如果没有我在古根海姆博物馆的工作经历（后来这份工作变得像保姆和书记员，再后来变得像橄榄油店的经理），我的作品也许不会如此有趣——不仅是因为我对角色的设计更加精致，而且是因为这份工作将我引入一个大多数人未知的人物、事件和场景，这是我此前不可能接触到的。通过这种方式——也唯有通过这种方式——我想我就像迈克尔·克莱顿一样。

当我第一次写这一章时，我罗列了长长的单子，包含一个作家开始创作生涯时可能从事的各种富有创造性的和文字类的工作，这类工作的收入可以付房租，可以为你带来潜在的满足感，使你渴望与文字打交道，使你不会有不想从事创作或者不想写你的剧本的想法。后来，一些写科幻小说、历史小说和散文的热心读者指出，这些表单可能没有任何用处，年轻的艾萨克和史蒂芬·杰伊认为我所建议的这些职业，都是主修英语、历史或者类似"无一技之长"的专业。既然这本书的大量读者提出这样的建议，那么我就把它移到附录里了。这仍然是重要的信息，你至少可以发现一些人文学科方面的工作等（像写作科学类作品的作者经常阅读新闻杂志的副标题）。艾萨克和史蒂芬都是教师，他们也从事写作。我在整个章节中都说明了，每一种职业都可能产生作家——后面会继续说明这一点。

22　言传身教

　　我经常会听到一些令人惊讶的言论，这些言论经常被一再提起，或者是明白地表达，或者是强烈地暗示。比如"如果你不能创作出可以出版的作品，你可以去教写作"，或者"他的作品不能出版并不意味着他不是一位好老师"。或者你在晚宴或者聚会时说你是一名教授写作的老师，但是到目前为止还没有出版过一本小说，仍然有很多人认为这是理所当然的。

　　可以断定，有这种想法和发表这些言论的人根本不知道他们在说些什么。允许我教给你一些有力的武器从言语上来反驳他们，同时我也希望这些信息能对你有所帮助，特别是当你下决心要开始你的写作生涯的时候。

　　在大学的教学生涯中，经常会有一些与我意见相左的陈词滥调，但是它们也接近事实，比如："动手去写吧，要想写得越来越好、非常好，那就去教写作吧。"这种说法在许多学科里近乎真理。从我自己在写作领域的经验来看，我可以告诉你，如果一位从事写作课教学的教授，在他的履历中从未公开出版过任何一本书，他几乎不可能获得大学认可的终身教职。如果你已经获得了一个写作艺术终端学位、一个英文专业的博士学位，但还没有公开出版过一本书，或者四年之内还没有出过书，那么，像我那样毕业之后能够获得一份类似的全职工作并可以续签合同的工作岗位，大多是教授新生写作文，但现在这些岗位的竞争比十年前我去工作的时候更加激烈。我的一些朋友在大学教其他人文学科，如艺术史（能教授这些学科，博士学位是基本条件），同样需要在 21 世纪的就业市场经历一段艰苦的时光。虽然当他们获得助教的工作时，还没有出版自己的第一本书，但他们已经发表了不少期刊论文。现在看来，在科学领域，教职的空缺更少，对生物化学有着持久热爱的艾萨克·阿西莫夫*，他在波士顿大学教书，但获得的最好的声誉是因为他是学者以及他公开出版的各种著作。

最残酷的现实是，我发现一些言论，比如"即使你不能写，但可以教"的观点已经遍布大学校园，这样关于大学的写作教师岗位的评价已经深深烙印在公众的意识里，而不是只存在于初级的或者某些高等学校的老师间。别忘了，你可以在 K-12** 获得一份教学工作而尚未公开出版一本书，或者是成为国际公认的实验室的一员也可以。实际上，如果你想教数学或科技，当你大学刚毕业的时候，你就可能有

---

* 艾萨克·阿西莫夫（Isaac Asimov，1920—1992），出生于俄罗斯的美国犹太人作家与生物化学教授，门萨学会会员，他的作品以科幻小说和科普丛书最为人称道。美国科幻小说黄金时代的代表人物之一。阿西莫夫是公认的科幻大师，与儒勒·凡尔纳、H. G. 威尔斯并称为科幻历史上的三巨头，同时还与罗伯特·海因莱因、亚瑟·克拉克并列为科幻小说三巨头。

** K-12 即从幼儿园至高中毕业的儿童教育。

很多工作机会去高中和初中教书。我已经认识到，"那些不能写的人"的偏见已经在某种程度上影响到对教师的尊重问题。我的母亲是一所小学的校长，我的姨奶奶是一所高中的数学老师，我的婆婆是一所中学的生物老师，我的父亲教授过商学院的一些课程，我自己也曾经在大学当过教员，所以我的身边有很多从事教学工作的人。一个非常常见的现象是这个职业之外的其他工作者中很少有人能够真正理解教师是做什么的。无非是教师有着长长的暑假、工作时间短，所以教师的薪水很低；或者，教师可能是一份轻松的工作，类似这样的说法。

好了，深呼吸。

抛却这些消极的观点，教师——不论是大学教师还是中小学教师——对于想成为作家的写作者来说，都是非常好的职业，对此观点我非常赞成，因此我几乎花掉一整章来说明这个事情。一方面是因为我对此工作有偏爱，另一方面是我乐于承认这一点。作为一个教师的孩子，或者因为我曾经是一名教师，我已经陈述了教师这份职业与其他职业相比的利弊。但我仍然要说，从许多客观原因来看，对于一位作家，教师依然是一份非常好的工作。

首先，教师是一份职业。它不只是一份工作。教师工作需要高等学位：教授大多数大学的科目需要某些专业的博士学位，像教授写作，你也许需要硕士学位。如果教中小学，你需要一些领域的硕士学位，在另外一些领域，你也许需要专门的证书、文学学士学位等才能开始你的教师职业生涯，但是如果你想要进一步提高你的职业水平，你需要获得与你所教的专业相关的硕士学位（在这些领域，你不可能获得教育硕士，而你必须获得一个英语类或艺术硕士学位）。

作为一种职业，教师为你成为一名作家提供了大量的发展空间，无论是在课内还是课外，即使你在你的教师生涯中也许是一位领导——如果你不像校长、系主任、主管那样忙的话——你的课堂是非常适合你成长的。纵使你教授的是某一门固定的课程，像我那样，你也可以有许多发挥的空间来即兴创作和抒发个性。像我的许多教师朋友一致同意的那样，你的课堂就是你的小小王国。因为这是一个王国，这里不需要桌椅。哦，或者你需要，但是你很少会在椅子里坐下来，像其他行业一样，教书的形式是非常灵活的。你可以沿着教室转转，也可以进行实地考察（如果能去图书馆更好），将学生进行分组，等等，这可以大大减少学习者的厌烦情绪。每一天都是不同的，不仅由于你的教学计划的变动，也是因为年复一年月复一月学生的不断变换。

不论你是教授英语、幼儿园还是三角函数，你都有机会使自己沉浸在这些科目中，并将它们融入你的写作（坚持投入绘画五年，也许你会获得凯迪克大奖*！）如果你教授写作，就像我这样，你会教授学生如何运用自己的业余时间阅读和写作。多年的写作教学使我认识到，当我教学生词汇时，能明显刺激我的词汇。成为老师后，我会更加有意识地去进行阅读与写作，我发现我能与学生一起反复地重新认识一些新的技巧。能发现一些可运用的小技巧总是令人欣慰的，这既能帮助我自己，也能帮助同学们。此外，我还会阅读一些最佳写作教

---

* 凯迪克大奖是美国最具权威的绘本奖，而该奖之所以能够脱颖而出，获得一致推崇，主要在于其评选标准的周延与创新，着重作品的艺术价值、特殊创意，尤其是每一本得奖作品都必须有"寓教于乐"的功能，让孩子在阅读的过程中，开发另一个思考空间。已有 60 余年历史的凯迪克大奖，是为了纪念 19 世纪英国的绘本画家伦道夫·凯迪克而设立的。

学实践类的书、赞成写作的书以及我搜集的一些写作方面的小技巧等，这些都是良性循环，使教学相长。

当这种循环日复一日，即便是一场非常热爱的奇幻旅程，也会变得索然无味，当然也有可能让学术性写作扼杀你的创意写作。这是有可能发生冲突的，需要你调节好你的工作习惯，但是我恳请你对写作寄予比较大的希望——如果你对写作真的感兴趣——在你做出决定之前。我发现教授合适的科目，正是最好地增加我的创意能量的来源。在上一章我提到，作为一个老师，你完全有可能创造性地实现你所有的创意，而且完全不需要写诗歌、故事或剧本。发现这些只有唯一的途径！

要知道，教师是极少数能拥有假期的职业，这种假期被称为休假，然后你可以重返你的工作岗位而对你的职业生涯并没有损害。实际上，大学教师是被鼓励休假的，为了他们的学术水平能得到提高，也有利于他们重返课堂时有足够的新知识和新活力。负责中小学教育的教师，也有可能被允许短时间离开，像我母亲为了照顾自己的两个小孩而离开过。大约十年后，当我念四年级的时候，她重新成为了一名教师，当我大学毕业的时候，她成为了自己创办的小学的校长。

我亲眼见到了许多像我的母亲这样有志于投身教育、长期热爱教育的朋友。没有什么能够让她爱上这个职业，除非她强烈地热爱教育，并且相信教学能改变生活，当教学成为目标，她能够因此而乐观、富有创造性和勤勉地对待她的职业。教师更容易看到并产生尊敬的是，这个世界不是非黑即白的，因为我们教授的是社会生活非常宽广的一面。

　　我的同事中也有一些致力于写作的人，我们经常会一起讨论写作老师意味着什么，这不得不迫使我花掉我十分珍视的晚上时间，与他们一起去外面吃饭并讨论这个话题。为了兼顾我的日程安排，我不得不为了时间而斗争。教书是一场卓越的奋斗，写作也是。老师不论是给五年级小学生进行段落辅导还是给大学生讲授流行性感冒的新病毒，都是提供给学生基本的技能、知识和思维习惯，以使他们成为更好的文明人。

　　哦，可能大多数人有一种观念，就是教师是一个非常"容易"的职业：教书只需要几小时的工作时间。这也是为什么很多有工作的母亲或者单身母亲都是教师：因为时间。如果你是一位母亲，恰好教授中小学课程，你还能教与你小孩同年级的课程，并且每天的作息时间都与小孩同步。同一时间两人都在教室；当孩子在写家庭作业的时候，教师母亲也在做她的工作所需要准备的课程或者论文。

　　这种想法的不足之处是很明显的，因为教师职业所需要的时间与我刚才所描述的上课时间相比是多得多的，更多的时间是花在大家看不到的地方。首先，职称评定和备课所需花费的时间远比小孩完成家庭作业的时间要长。我记得无数个晚上和周末，我妈妈不得不潜心在家里的工作间里工作，或者她会回到学校的办公室去准备明天的课程内容。其次，中小学教师和大学教师也必须参与学生的各种课外活动，参加专业发展所需的各种学术会议，也要为获得更高的学位而努力，一边还得做着全职的工作。坦率地讲，这既是为了提升薪水，也是为了避免使自己厌烦自己的工作。这些都意味着看起来奢侈的暑假时间都必须继续不停地工作。我还没听说过哪位老师能将所有的假期都用来玩乐和享受的。

当然，即使除了许多隐性的工作时间的付出，教师每天、每年依然还有许多剩下的时间，而不像其他那些没有灵活时间的职业，他们只有每周两天的休息和每年两周的法定年假。如果能仔细安排日程表，教师可以在每周、在暑假里挤出大量空余时间用于写作，特别是当你还没有孩子的时候。我就是这么做的，我的一些朋友也是如此做的。

公平地说，能提供最好的、最自由的工作时间的教师是大学教师而不是高中老师。高中老师都是神圣的，我真的相信这一点。他们每天面对着 35 名或者更多的学生，每个工作日都陪伴着他们，向他们传授的不仅是课程内容，还有个性的成长、成熟以及个人的尊严。我对中学教师除了尊重别无他言，比如莎伦·马歇尔。顺便说一下，她不仅仅创作小说，还是一名高中英语老师，我并不确信我是否能做到这一点。

大学教师的职业促使我走上写作之路，因为我每周只需要工作两到三天，因此我不得不说，刚毕业的时候就能找到一份全职的大学教师工作是非常幸运的。现在大多数刚毕业的硕士和博士都必须从助教开始做起。助教往往会作为讲师的助手先教一两个班级，学校不会付全额的工资（401（k）养老计划* 以及职业发展），虽然他们做着全

---

* 401（k）计划也称 401（k）条款，始于 20 世纪 80 年代初，是一种由雇员、雇主共同缴费建立起来的完全基金式的养老保险制度，指美国 1978 年《国内收入法》新增的第 401 条 k 项条款的规定，1979 年得到法律认可，1981 年又追加了实施规则，20 世纪 90 年代得到迅速发展，逐渐取代了传统的社会保障体系，成为美国诸多雇主首选的社会保障计划。适用于私人营利性公司。本文此处讨论的为美国情形，请读者参考阅读。

职的工作。因为收入问题，一位助教不得不在各种院系最少教授四个班级，这就需要花费大量的时间为各种课程备课。另一方面，这也是一个机会，你可以为成为一名真正的教师做准备，当这样的机会来临的时候，你已经积累了丰富的经验和良好的心态来应对这份工作。我知道不少人都成功地从大学助教转变成了全职的大学教师。

像我在大学任职时的全职岗位，需要完成教学工作（比如助教所上的课程），还有一些论文任务。我每学期要管四个班级，但是我往往能以一些巧妙的方式，比如让他们负责一些任务，将他们联系起来，包括制订学习手册、参与校园文学杂志的工作等，通过这些方式，我往往能一边联络班级一边得到闲暇时间。大多数学期，我最多教三个班级。虽然这样需要我花大量的时间去为班级做一些事，但也意味着我为学生的写作思考得更多，而不是为我自己。此外，每学期我要主持或组织两个委员会，参加许多例行会议或者学术研讨会。

虽然如此，在我担任全职教师的六年工作时间里，我努力完成了两部小说、几篇短篇故事、一部分随笔散文，除此之外，我创办了青年评论网站，看起来情况还不错。既完成校园里的工作职责又使我的日程合理化，我已经能轻松应对，但是我的"每天写作"的承诺早已不见踪影，我仅仅还保留着每周有几个早上坚持写作的习惯。大学教师不像中学老师，并不一定需要花费长长暑假中的很多时间来提升他们的教学水平，当然，大学教师也必须按照要求完成他们本领域的学术写作和出版任务。

你在学校待的时间越长，你的雇主给你的自由度越大。虽然最初我只是受聘于教授新生的作文，但后来我得到了教授高年级学生的创意写作工坊的机会，这些课程有的是在教室课堂，有的是在网络上。还记得我说过的"教师是一种可以成长的职业"吗？是的，非常有道理。这样的事情也发生在我的一位朋友身上，他开始是一位全职的写作课程讲授者，但现在他同时也在一个小说写作工坊任教。

我们再来看看学生。不要忘记他们！也许你现在正是一名学生。快速为你的老师画一幅画，你在微笑吗？我希望如此。他们想起你的时候也会微笑。他们真的希望你在课后偶尔能给他们发封邮件联系一下。教学能带给你意想不到的喜悦和难以置信的补偿。就像你不断地努力，然后"噗"地一下得到了幸福。或者你帮助那些正在努力奋斗的朋友们，同时教会他们一些东西。或者你看到一些不太自信的新生成长为充满自信的高年级学生，走向成熟。只要回忆起这些，都能让你年复一年、日复一日地对教师工作充满激情。

偶尔，你的老师也许会邀请你和他一起工作，我就有几个以前创意写作班上的学生现在成为青年评论网的团队成员。从这个角度来看，师生关系会演变成同事关系、朋友关系。我最近与我以前的两位老师重新联系了，他们一位是我的高中老师，一位是大学老师。他们对我的了解就像我最亲近的朋友一样，虽然他们不是我那些一起去泡吧的朋友，但他们在我心中非常珍惜。我也看得出来，他们听到我的消息也十分高兴。

学习无处不在

除了大学或者中学的教学是完全在教室进行的以外，其他形式的学习和教育都是在课外的，而不是在传统的教室内。这些时空也非常有利于你的创意写作。简单来讲，我会将我所知道的各种有益于创意写作的工作进行分门别类的讨论。

辅导

你可以通过提供写作辅导为我在"附录"中所描述的那种写作中心提供服务，像卡普兰那样，当然你也可能有一些其他想法。作为一个独立承揽人，你可以得到更多的收入，但也许你不得不牺牲健康。或者当个历史学等周末学习指导方面的私人教师，你可以得到几乎每小时 100 美元的收入。你需要花费不少的下午时光在邻居的广告栏张贴广告以建立一些关系，但是一旦你已经在考生父母中小有名气，你很快就会找到一种轻松赚钱的方式。我曾经在一个夏天为四个学生提供指导，而且获得丰厚的收入。你能确定你的时间安排——有利于学生学习的时间表——同时使你有更多的自由写作时间。

个人指导

我有一位朋友，他私下为初中和高中学生指导他们的大学申请，帮助他们决定申请哪些学校，帮助他们填申请，帮助他们写申请文章。学生家长会为这种服务花很多钱，你可做的也有很多。这听起来非常有趣，还能有比较灵活的工作时间。如果你从事这样的工作，需要有一些关于大学招生方面的基本经验，这样你就可以提供指导。

在学校提供咨询和建议服务

目前很多学校提供各种各样的咨询和建议服务，我不能确定我说的是否客观。我们会在学校的咨询室里谈论各种关于职业咨询的事情。你会成为学生的私人教练，引导他们走向正确的方向，比如是让他们花上一年多的时间在数学上付出努力以便进入一所大学，还是开始寻找实习机会。如果你喜欢一对一的工作，喜欢帮助他们寻找并获得他们想要的东西的感觉，你可以尝试这类工作。

专家

哦，现在专家是如此之多！文学专家、特殊专家、课程开发专家、艺术专家，音乐专家，等等。如果你身处教育界或者已经拥有教育硕士学位，有许多地方需要中小学教师，可以寻找一个适合你专业的岗位，你可以在不同的学校之间自由任教，将你所知道的知识教授给老师和学生。

管理者

管理者意味着各种不同的工作，但我这里说的是在一所学校或大学的"主管"工作。这包括系主任、主管、教务长、副校长、校长和其他一些你遇到过的在学校设置中听起来很重要的职位。这些工作不是你刚毕业就可以找到的，岗位要求你必须拥有几年的相关教学和工作经验。但是你可以将眼光放长远一点，当你刚开始工作的时候就朝这个方向发展。管理工作与教学工作相比更令人头疼（但是老板往往都是这样），如果你设想你就是一位领导，有些事情就得考虑。如果你是非常有条理的人，像我妈妈那样，这样的工作会占去你所有的时间。

其他的大学工作

我有个朋友，当他获得博士学位后，就进入了一所大学的出国留学办公室工作。实际上，他在大学攻读博士期间同时兼职过好几份工作，一边工作一边写他的论文，最后他获得了这个岗位。他在学校受到高度认可，于是他们雇用了自己的学生。我有另外一个朋友，她的丈夫是音乐家，她在一所地方大学的筹款办公室工作，这份工作也有着非常丰厚的薪水和报酬。

高等学校有许多这样的工作，有一些需要你还是大学生的时候就开始兼职这份工作，可以多关注一下就业指导办公室。

海外教学

你听说过谁突然离开到越南去教英语？我听说过。他们赚钱不少并生活得自由自在，几乎不敢相信他们在美国时租住在脏乱的旅馆里。如果你喜欢旅游而且家里没有什么羁绊，可以寻找类似这样的非常好的机会，去为世界各地的儿童和成人教授英语（只是语言而不是文学），特别是在东南亚和南美。你通常需要经过一个短期培训，学习怎样教英语，然后通过考试。一旦你从事这份工作，就可以得到一份只需要兼职工作几小时就可以收入丰厚报酬（在当地人看起来十分丰厚）的工作，同时你也会有足够的时间去旅行，和从事创意类的工作。

当我访问我的一位在胡志明市教英语的朋友时，我感觉他生活在类似 20 世纪 20 年代的巴黎：便宜的美食，大量的啤酒，聪明而有趣的朋友，从事艺术的工作机会，和非常令人激动的在世界另一个地方工作的经历。

有些人待了一两年，有些人待的时间更长。如果你想听取我的意见，我想说，如果年轻人想获得经验、有足够的时间和无限乐趣，这是一份好工作；但是很少有外派人员长期待在外面，并能够完全拥有自己的事业和家庭生活。读读海明威和菲茨杰拉德。另外一个提醒：读到这一章时，我的编辑指出，有时候一些宣称有海外教学机会的情况是诈骗。最好是有一些在你之前已经去过的朋友推荐你去，引导你去一些合法的教学机构，或者在你上飞机之前，一定要做好调研工作！你的大学海外留学办公室也会有大量的相关信息，或者已经去过相关地方的校友信息。

如果你喜欢教育工作，我认为你应该去试试。值得探索的路非常多，所有的经历都会收获朋友、扎实的工作经验和写作时间。

有百利而无一害。

23 以友为镜

当我正在等待《作家文摘》出版社的编辑给我回复关于这本书是否能出版的消息时，我的一位亲密的写作伙伴完成了她的第一本小说。这不仅仅是一个好消息——重要的是，有五位编辑看中了这本书，并且在争夺这本书的版权。

在听到这个消息之前，我感觉今天是多么美好的一天：一个温暖而阳光明媚的春日下午，青年评论网收到来自一位知名作家的一篇令人激动的散文；我收到了一位主编的 Email 问候，是 YA 出版社的关于我配合出版的一篇论文；我的女儿非常高兴，当我开着车去购买日用品的时候，一路上播放着令人兴奋的 *Glee** 的音乐。

但听到她的语音留言，我如坠深渊。

我曾经为她骄傲。

事实上，的确如此。

我坚持这样告诉自己。

---

* 美国非常火爆的一部青春歌舞连续剧，连奥巴马和麦当娜也是该剧的粉丝。

于是我打电话给我在大学里最好的朋友说出了我的想法。

"真糟糕，"我说。

"我知道，"她同情地低声安慰我。她的情况也相当糟糕，她十分理解我的痛苦。

这也没有什么可说的。

我并没有像预期的那样为朋友的成功感到高兴。如果这件事情发生在几年前，我可能经历得更多、更感觉到对她的憎恨。我曾经一再对自己说："我恨她。"幸运的是，当我现在已经 36 岁了，再来看这件事，我真的不恨她，甚至在内心深处可以说，我爱她，我爱她投入地写这部小说时的精神，当我们还在一起读书时她就开始写这部小说；我爱她也爱我们之间牢固的友谊，当我做了髋关节置换手术后正在休养期间，她刚刚结束她的长途旅行的当天就赶来看我（是的，我做了髋关节置换手术，这又是一个长长的故事，下次再讲）。

但是在花掉我大量时间和换位思考后，我才厘清那天我所经历的坏情绪与错误地憎恨好朋友的行为之间的区别。哦，已经过去了。当年的各种让我难过的消息：

● 两个校友在每年一度的 Zoetrop 大型短篇小说竞赛活动中分别获得第一名和第二名。

● 同学中有几个朋友从院系得到奖学金，是因为教学人员喜欢他们写的东西，而我从未得到过（像一半以上的同学那样，现在依然如此）。

● 有部分同学在鸡尾酒会和晚宴上得到特殊引荐，而我根本没有得到邀请，他们同样是教工中的文职人员。

● 同学和朋友完成了小说或回忆录并在毕业之后迅速找到知名出版社出版，甚至有些人已经出版了好几部作品，他们已经在各行各业崭露头角。在我的低谷期，我老是想着那些已经出版作品的作家或者比我更年轻的作家，思考着他们奇怪的作家生涯的开始。

● 在斯阔谷写作社区的同伴们，他们有的已经成为《纽约时报》书评中的知名人物。

● 我的同学已经有人在美国的一些投稿栏目获得一等奖金。

同时，当我的写作朋友、熟人、同学纷纷收获他们的成果的时候，我依然处于备受被文学杂志、代理人、编辑和出版商退稿的痛苦之中。将他们的成功与我的失败进行对比，我有十分充足的理由憎恨他们。

我恨他们，的确如此。我心中充满仇恨，我恨成功的作家，我更恨那些看不到我的才华的未曾谋面的编辑。

让我来告诉你一些治愈的经验和秘密：愤怒和憎恨实际上可以掩盖任何情感，遮蔽我们平时会存在的更痛苦的感情，比如恐惧，从某种程度来讲，它就是嫉妒。

我有一部受欢迎的作品，是我在多种负面情绪下的意外收获，那时我充满仇恨、嫉妒，是我对"嫉妒"的忏悔与告白。角色的名字叫凯瑟琳·特科维奇，她的不知名的作家男朋友突然取得的巨大成功使她陷入痛苦的嫉妒中（当你的男朋友是乔纳森·法兰森时，后来她证明，这种愤怒指数是相当高的）。在这篇复杂的文章中，关于爱、女权主义、成长和嫉妒占据了主要内容，这种情感就是我发现朋友们都比我成功时的情感，一种绝望的情绪使我变成一个非常不开心的人，而这并不是我想要的。

顺便说一句，"嫉妒"（envy）和"猜忌"（jealousy）并不是同一件事情，我从我的一位学创意写作的学生的作品中体会到了其中的细微差别，在一次写作练习中，他选择了"嫉妒"。如果你翻开词典，会发现"猜忌"强调对别人占有的东西恼恨不满，"嫉妒"则侧重指因别人获得了自己本想获得的东西或成就而产生妒忌等。所以"猜忌"是一个贬义词，面对成功的人有不满，而"嫉妒"往往是渴望获得像别人那样的成功。不管你是否认同宗教，基督教教义中认为"嫉妒"是七宗原罪之一，在更广泛的教义中，贪婪是十诫之一，所以你可以认为嫉妒是人类最原始的情感，即便人类还处于穴居时代，都有可能对邻居有嫉妒情愫的萌芽。

很长一段时间内，我纠结于"嫉妒"与"猜忌"之中，这些情感远比我最初所想到的"恨"要复杂得多，因为这都是我自身的，与任何我所恨的人无关。哦，天啊，我意识到了："你所说的，所有的错，都是因为你自己，而不是别人？"

但是，问题的关键是，一旦我发现并认真对待这个问题，我便开始认为我的"恨"其实是"嫉妒"，我开始有了下一步的逻辑，同时我认识到如果这是我的原因，我应该控制它。

更多的控制随之而来。

首先，我需要说一个令人生厌得并不想提起的关于嫉妒的词："幸灾乐祸"。

多么好的一个词！不是吗？毫不过分地说，我从中学时就学过这个词，我开始避免与那些我所"憎恨"的成功作家们接触，我花更多的时间与在布鲁克林获得艺术史博士的朋友交往。

"幸灾乐祸"意味着，当别人遭遇不幸时自己十分开心。

你的朋友创作的小说是不是刚刚遭到第五十次拒绝？

真正的"幸灾乐祸"意味着当你听到他们的坏消息时，你会非常开心，你会表面上对他们表示同情，但内心十分欣喜，而且朋友失败时你真的高兴。

我绝对没有真正的黑暗心理，但是我差点陷入这种思想，我自己及时警醒，使我避免陷入。很多时候，当我和朋友一起说起有关写作生活的牢骚、写作有多么奇怪和困难，说起一些人根本不如我们有天分却比我们成功得多等言论，我是多么庆幸我身处这样一个优秀的团队，无数"幸灾乐祸"的思想都被同伴之间对痛苦的感同身受所取代。这并不是"幸灾乐祸"，姑且称之为"特别的同情"吧。

当事情变得糟糕的时候，当然容易把不好的心情与同样有一些糟糕事情的同伴倾诉，这远比向正得意的人倾诉要好得多。当你失败时，被别人同情的感觉非常有效。如果你的朋友也正经受失败，那么你的不幸看起来也并不那么糟糕。你依然身处一个拥有天才但尚未成功的朋友队列。

所有的同情都令人欣慰，你会控制让你充满嫉妒的情绪。

几年前的一个早上，当我醒来的时候，我发现我不认识自己了。在成长过程中，我是那种经常被人用"阳光"这样的词来形容的人，时刻保持着微笑、乐观而充满希望。但是有几个月，我容易激动，不管是对待我的丈夫还是学生。唯一能让我情绪变好一点的就是充满同情的对话。我的思绪中不断地充斥着失败，目标似乎不可实现，未来变得更加缥缈。我的内心经常自我否定，不论是对自己、工作、写作生涯还是其他的任何事情。

我必须停止。

因此我开始治疗。

我知道这些都是陈词滥调。

但是当你不能忍受你头脑中的思想时，有一些东西必须替换掉，此时一个训练有素的治疗会有所帮助。

我得到的最重要的意见来自于认知行为治疗，我的治疗师称之为"停止思考"。它是这样进行的：当你发现你被负面情绪困扰时，一字一句地对自己说"停止"，然后试着去做其他事情或者转移自己的注意力。这与我处理我的小孩的某些行为的方式有些相似，当她不停要求得到一个她不可能得到的新艾摩*时，我使她转移注意力，用的是苹果或者她已经有的其他艾摩玩具。

在我得到这些建议时，我刚刚创立青年评论网，所以我的治疗师建议我多思考 YARN 的事，一个完全在我控制之中的项目。我能切实实现的每一步，也可能得到令人满意的结果。他也提出了许多其他的建议来试图赶走我头脑中的胡思乱想，比如帮助他人等，这些确实能在头脑中发生化学反应，并使你变得更开心。也许如果我能参加某慈善机构或文学中心的志愿者活动，我的负面情绪就会烟消云散，但实际上，接下来我怀孕了，并开始准备到另一个州去生活，所以我只能做一些小小的善事。我知道，患难之交才是真正的朋友，我开始帮

---

* Elmo，儿童电视节目"芝麻街"中的玩偶名字。

助一些"需要"帮助的学生，做类似于这样的善事。

　　我也尝试过去分析哪些事情会导致我的不良情绪，以便在这类事情发生之前，我能第一时间制止。对我来说，一天中最糟糕的时段是我开车往返工作地点的路程，单程将近一个小时。听音乐只能让我的出版梦更加强烈（接到代理人的电话、辞职、上奥普拉的节目等）。这些小小的幻想片段只会使我感觉更糟，让那些想要驱逐的思想变得更强大。收听新闻使得我对这个世界更加失望。于是我开始听一些读书的录音——但是并不是所有的书都有录音。我开始听一些快节奏的神秘故事、结构轻巧和情节动人的小说，这些能使我沉浸在自己的事情中，我因此开始了阅读。我不但像一个作家一样在汽车里仍坚持阅读，还有效地驱逐了我的不良情绪，让我的周围全是有趣的故事。我赢了。

　　老实说，即便如此，所有的"停止思考"实践也没有使我从那个阳光明媚的下午收到我朋友关于她的书即将出版的语音留言所带来的各种负面情绪中走出来。我承认有一段时间我的生活里充满嫉妒。当我的朋友给我打电话确认时，我并不想让他如此开心，或者我在担心我的写作朋友减少，等等。我只是在关注我自己的书印数太低的困窘。加上，我在同情中失去了我的一位主要合作伙伴。

　　这让我深刻地理解并认识到错误，因为即便出版不了也不会伤害到我，我可以努力克服它。我不是说谎，也不是说"停止思考"有多么神奇，能一下子赶跑那一天给我带来的所有困扰。其实那一天有很多好的事情我可以关注：我可爱的幸福的小孩一直在我身边。但我不能专注于这些事情，所以一时间我觉得我陷入了泥沼。

聪明的读者此时也许可以猜出，后来我从那本书的编辑那里得到了什么消息，我也收到好多出版方面的好消息，并不亚于我的那位朋友。总之，当《作家文摘》的编辑给我明确的答复，说我的书可以出版的时候，我觉得我的写作生涯好了很多。你也许并不惊讶，也许会说，这才是神奇的风，能吹走我的痛苦。别忘了，这本书并不是小说——困境依然存在。当然，这是一个非常好的正面信号，就像能进入研究院、赢得斯阔谷委员会的奖学金或者创立青年评论网一样，我的第一本小说获得出版。我当然是一只乌龟，而不是兔子，幸运的是，乌龟活得更长久。

写作确实能治愈伤痛，他人已有先例。当我接到我的代理人电话，说这本书可以出版的时候，我已经从我的不幸中走出来了。我正将精力放在青年评论网上，并写下承诺，要全心投入一部全新的小说写作。写作让我变得清醒。写作，并阅读好的作品，修改那些令人兴奋的作品，让我恢复了健康。

现在，在一天中的闲暇时刻，当我又开始有嫉妒思想的时候，我依然需要运用"停止思考"的策略。但当我像现在这样坐在电脑前，以最好的状态开始写作的时候，我知道我做的是正确的事情。当我沉浸在我的创作中时，别人的成功与否于我都是云烟，我记得自己的位置，也明白我为什么爱好写作。当我写作的时候，我的头脑里有坚固的防线，阻止那些嫉妒思想的侵入。写作提醒我，我写作不仅仅是想要出版一本书，而是因为它让我意识到生命的意义。

说到我与这位朋友的友谊，事实上我并没有夸大其词。同我这个在夏天要出书的朋友，其实我们并没有机会一起交流探讨她这个令人激动的消息。而我发现我并不期待她回来，虽然这样我能获悉每一个细节，并祝贺她，然后一起期待我们的未来。

鉴于这段过于烦琐的强调，我最后把这一章发给我的朋友，看看她读来是否会感到不适。幸运的是，她表示由衷的赞赏，也与我分享了她在成长中经历的嫉妒。我认为她的话不仅适合作为这一章的结尾，而且当你面对出版的困惑时，也许她的话是有用的。她了解所有的嫉妒，她做了一项可爱的工作，为这种复杂的情绪进行小结："我们每一个人都会受到嫉妒的影响——它是人类非常正常的一种情感——有这种情感并不意味着你是一个坏人，或者说做一些不厚道的事情是你应该避免的！我仍为我的某些嫉妒行为深深后悔，我们都是作家，都有着出书的意愿，但有的人在我们之前已经出版了，有的人还没有。这都是我们喜欢做的事情，不要在意谁在什么时候怎么成功了。如果你是真的喜欢写作，你已经在游戏之中了。因为你爱阅读和写作，如果不是爱好写作，请你不要继续了，因为这并不是一条容易获得快乐、满足的路。"

24 憎恨自己

我在上一章描述的"嫉妒"的最大的副作用是憎恨自己。这种憎恨的特殊情绪经常会在半夜造访我，造成的极大负面情绪使我数小时睡不着。类似于这样的想法："我是一个坏作家"，"我不够努力"，"我怎么能嫉妒我的朋友"，"人们肯定认为我傻到要陷入这样的一团糟"。在这样的自我否定之下，我开始产生强烈的紧张情绪，开始质疑我当一个作家和朋友的能力。如果说憎恨朋友是内心深处的情绪阴暗面——暗黑的嫉妒，那么自我憎恨就是一副温柔的面具，其实是内心的不安全感。

恐惧、嫉妒和没有希望加剧了我的失眠——那些下周就会有收获的白日梦并没有实现——我觉得我想钻进被窝里，再也不爬出来了。

不得不承认，在我的成长中，有两个非常优秀的治疗师（都在医保范围之内，这暗示着精神健康已引起重视，你选择的计划必须包含它）。我曾在上一章提到过一个治疗师，我年轻的时候还有过另外一个，那是我大学刚毕业不久的时候。她常常告诉我，偶尔要厘清当你躺在床上时的思绪，这是非常有用的，感受到这种思绪给你带来的痛苦，你才能做好准备，继续向前。这真是个好主意。我认为这是我应受的痛苦：比如"不劳无获"，比如在健身馆，你不得不忍受锻炼带给你的身体之痛，这样才会有助于塑身。

也许你会问，为什么你想要通过痛苦的训练来塑身？这是"伤害"。它会使你增加体重（摄入过多的垃圾食品），或者让你减肥（厌食），像个吝啬鬼一样对待每件事和每个人。

首先，痛感会使你坚定地相信你通过此种手段能塑造你的性格。我的意思是，你是否经常在小说中读到这样的情节：一个令人羡慕的成功人士做任何事情都不事先计划？我不能。

其次，痛感会让你更灵活、更有弹性、更有创造力。

我知道，痛感也会导致更多的令人沮丧的记录，但在这本书中使我变得更强大、更富有创造力，成为一个永不言败的作家。

在我们的文化中，仅仅有耐性是不够的。铺天盖地的新闻报道着一夜成名的故事，现实告诉我们很多耀眼的新星并没有什么才华，运动英雄的人生巅峰就是 25 岁或者更年轻的时候，很难再看到"慢慢地稳打稳扎"能给人带来什么好处，更不要说在漫长的写作道路上要经受如此多的失望打击。

好吧，我知道如果在高中时期听到谁这样讲，我肯定不会听的。但是我告诉你们这些类似的事件，是想告诉你们，你需要从一本书中汲取眼泪，接受打击，然后你才会真正开始写作。

一位富有创造力的作家意味着能随时转变。我的第二个治疗师告诉我："你知道人们是如何定义精神病的吗？就是一遍又一遍地重复做一件事，并且期待出现不同的结果。"

"是的，我就是这样。"我回答。

"那好，"她继续说，"这并不是真正的精神病患者的定义，当然，在某些时候这也是事实。"

我们继续讨论，能否将我的写作方式作一些改变，这将让我感觉我的命运在我的掌控之中，减少我对自己的憎恨。说到帮助，作出改变对我的帮助更多。那时，因为YARN，我必须作出许多改变，我对自己许诺，现在暂时从小说写作中停下来转向期刊写作。一旦我开始在文学里埋头苦干，这种努力就会给我带来无尽的力量，让我充满信心——纵然那些只是来自于对我的编辑工作的赞美与沟通，而不是来自于写作本身——我发现晚上已经变得容易睡着了，给我带来无尽痛苦与愁思的阀门已经关上。

"也许你只是没有写出合适类型的小说，"朋友说。

这是一种简单的猜测。与大多数作家一样，我写的是我内心的"自我"告诉我想要写的，那是我的写作灵感。"你在说什么?"我恼怒地问。

"看看那些你取得成功的作品，"他建议道，"那些是如何获得出版的?"

"莱昂纳多那本和越南那篇，"我回答道，谈及我所创作的唯一的历史小说，以及一个背景设置在胡志明市的小故事。

"那好，"他说，"还有你的散文，不过我知道你真正想写的是小说。你现在所写的其他小说不都是关于生活在城市里的年轻女人的故事?"

我憎恨他的这种说法，将我的小说归为"生活在城市里的年轻女人的故事"。讨厌！"这故事不仅仅是这些，"我辩解道。但事实上，一部被称为"生活在城市里的年轻女人的故事"使我拿到了斯阔谷作家协会的奖金。

"我并不是说这是一个不好的故事，或者说它们不值得写，"他说，"我仅仅认为，这些故事太多了，因此它们更难出版。"

"好吧，"我的语气软了下来，因为我能理解他的意思。这是"欲望都市"的全盛时期，即使我的故事所具有的独特艺术成就可与其媲美，他们依然会将这类小说归结为"生活在城市里的年轻女人的故事"，特别是一位编辑在有限的时间里往往只读几行就会决定要不要往下读。也许我需要基于现实作出一些改变。

"如果我是你，"他说，"我会将更多的注意力放在能使你脱颖而出的这一部分上。"

"这也很难出版，"我说。没有一个人会轻易让步。

"没有什么是容易出版的，"他同意。"但我只是让你突出你最擅长写的并且能给你带来巨大成功的这部分。显而易见，这些你是可以做到的。"

于是我不再写那些历史小说，或者将故事背景设定在别处，我接受了他的意见。我在某些方面完全执行了他的建议，像写作悬疑小说让我找到代理人，最后又致力于写那些他提及的散文故事——那些我承认就是类似我出版的第一部小说的故事。自觉主动地接受一些明智的建议，心甘情愿地将你的写作作出一些改变，这是唯一能帮助你从无尽的烦恼中摆脱出来的办法。虽然其他人也帮助我作出这些改变，他们经常想出一些具体的修改方法，我也同意他们修改。但当我对我发现的问题设计出了解决方案的时候，我感觉我的痛苦减轻了，取而代之的是，我变得更加强大、更有才华，我能掌控我的命运了。

25 快乐写作

事实上，在每一篇我读过的关于已出书作家的"常见问题页"或者采访稿中，我都见到了同样的话："如果你正在为了出版而写作，你将不会写得很久，甚至几乎不会成功。你必须为了快乐去写作。"

是的，但是说起来容易——他们已经出版小说了！

遗憾的是，就像我在引言处列举的那些悲观建议一样，这个小小意见也是真的。一个作家能学到的最艰难也最核心的东西就是，你的幻想——图书交易、电影大片、浪漫诗集——也许永远不会实现。没有必要自欺欺人假装它会实现，甚至立刻会在明天实现。我曾经干过这种事，结果是赤裸裸的现实只能更加打击我。我有一个朋友，总是对自己说，这是不可能实现的。不过，她依然继续写她的小说。几年后，虽然她一直告诉自己，幻想不可能实现，她还是把作品送去给代理人。最后，她找到一个代理人，愿意把作品发给编辑，不过她还是做好了迎接失望的准备。但她最终没有失望（是的，我在嘲讽呢）。她必须回去继续修改她的小说。然后，她的代理人再次把书稿发出去了，最后……她的梦想实现了。

　　哪怕在我最迷信的时候，我也绝对不敢相信，我朋友的"这不会实现"的态度让她的梦想实现了。然而，我真正观察到的是，她在整个过程中的确比我更冷静一点。前前后后，就那么一点，在很长的时间里，她都觉得出书还在很远的未来，所以她在写小说的时候根本就没想过这件事。她写小说是因为故事就在她心里，哀求着她必须写出来。她改了又写，写了又改，只为了学习怎么写一本小说。

　　如果说她不是完全为了快乐而写作，那就是为了自己。

　　在某种程度上，我们都是为自己而写。因为，第一本小说，第一个故事，第一首诗，几乎都是随便写写，没有谁一定要出版，所以当我们写这些"第一"时，我们写出的东西就是自己的心血。在我们将它们公之于众之前，它们只存在于我们的头脑里和我们的电脑里。写作这件事，就像是在挠痒痒，在大声喊叫，在拔出一条条绦虫，不过，当我们写、读、修改，我们就是为了自己而写作。没有人驱使我们。我们就是自己的第一个读者，而在别人满意之前，我们必须自己对作品感到满意。

　　我在写作时，真的是为了自己而写，而且没有别的干扰。只有当我离开写作时，我的疑虑才会浮现。而且我发现自己这时并不是沉醉于写作本身，而是在思考接下来该写什么，如果写不出，我又会怎么样。然后，就像我在本书别处讨论过的那样，这些烦心事都会让我完全无法坐下来写作。有些作家在写作时则担心出版，担心读者，担心反响，以及担心一千种别的琐事。当他们想要听听自己内心的故事时，却被那些可恶的噪音折磨得心力交瘁，而无法把它们关掉。

　　荒谬的是，即使是已经出过书的作家也会面临同样的问题，这让我感到一丝安慰。即使你已经出版了一本、两本甚至五本书，也不能保证你的下一本书就能顺利地摆在书店里卖。即使你足够幸运，签订了多书出版合同，也别忘了必须接受一个条文，即如果出版商认为作者的作品不符合合同要求，出版商有权退稿。大部分作家都没有机会做多书交易，而他们还必须给出版商们一个首拒权利，这意味着，你的出版社必须首先阅读你的作品，再决定他们是否给你出版，然后你的代理人才能把它交给编辑。甚至有一些已经出版小说的作家也没有这样的待遇；这就是在冒险写作，一本接着一本。

我有一个朋友，她出了两本很好的小说，但是她的第三本小说一直没有卖出去。现在她正在写第四本。还有一个朋友，我早年的导师，在她受人尊敬的职业生涯中出版过很多书，但她一直没能把自己最喜欢的一本小说卖出去，这本小说她写了很多很多年。因为这本书和她其他的作品风格出入太大，她的编辑和其他人都不知道应该拿这本书怎么办。

就是说，我们这些作家——即使是已经出版过书的小说家，都如坐针毡，等待着、渴望着、猜测着接下来会发生什么。

对我来说，这种焦虑的唯一解药，就是集中精力去写作，我想，那些出过书的作家也会在他们的"常见问题页"上这样告诉我们。由于他们已经出过书，他们比我们更清楚，即使书出版了也不代表什么。就像安·拉莫特在她的著作《关于写作：一只鸟接着一只鸟》里说的："出版，不会改变你的生活，不会解决你的问题，也不会让你更自信或者更美丽，大概也不会让你更富有。"

然后，这个价值 64 000 美元的问题就是：你是怎么做到的？你怎么才能做到只为写作而写作？甚至是为了快乐而写作？

这本书充满了各种潜在的答案，分布在其他章节里：另辟蹊径、理性写作、路途坎坷、非比寻常、言传身教等。不过我认为，在你做这些事之前，你应该先问问自己为什么写作。

你已经问过自己了吗？

（我在等待你的答案。）

好。

如果你的回答是"我必须写作，不能想象不写作我还能做什么"，那么，你可以在写作过程中不断体会到写作的快乐。平常不间断的写作已经成为你日常生活的一部分，就像你的兴趣爱好一样，你自然而然地乐意去做，你不能没有它。

认定目标之后就是反复练习。遣词造句，试着忘记其他事情。每天持续地坚持写作练习，一字一句，慢慢地，终于完成了你的作品。也许写作不是你的正式工作，甚至有时候写作过程会让你感觉难受，但是如果你享受写作的过程，想要成为作家，这就是值得你去做的事。

我依然记得我经常因为作品能否出版而感到困惑，我甚至犹豫过是否要继续写作。这时我常常提醒自己：写作并不一定是为了出版。内心深处，我认定写作是我喜欢并且热爱的工作，我爱阅读、思考并与文字相伴，我热爱写作。在写作的过程中，我经常意识到分享是我在这本书中经常提到的一个话题，在写浪漫故事的时候我把故事与朋友分享，写作的 SARK 式的理念、出版时需要的团队合作等，以及在下文中将会提到的分享，都贯穿在这本书中。实际上，这也是写作的一个重要过程：分享，将作品送给朋友阅读、交流、讨论，这是作者写作过程的自我展示，将写作过程中的心得与朋友分享，让朋友们体会到创作的精彩。

偶尔，我写的东西也并不打算与人分享。我经常将写作视为一种自我审视。某一天，也许我被家庭琐事、朋友、工作以及各种各样的烦心事困扰，此刻，能静下心来写作，倾听内心深处自己的声音，写下自己想写的东西，是一件多么惬意的事！有些时候，我渴望理解、交流，这时我更愿意与朋友一起坐下来，分享我的作品，或者我的故事以某个朋友为原型，我就非常迫切地希望听到他读到这个故事后的想法，并为我自己寻找更多的读者。在写作的过程中，最令人兴奋的是我写出令自己非常满意的作品，并不断地修改、充实它。这种成就感足以带给我持续很久的创作热情，让我时时回想起那些令人心动的写作时光。

26 出版时刻

我还记得，我的第一个故事被杂志接受时的情形。

那是一个夏季的闷热午后，我 30 岁了，那一天也是一个夹杂着愤怒、焦虑、惊讶的生日。有好几个星期我都心烦意乱、无精打采，随着我的生日到来，我才开始意识到原因：我都快而立之年了，却还没有一本以我自己的名义出版的书。

这不是我计划的那样。

我曾经计划在 25 岁之前能上奥普拉的节目。所以，生日一过，我就努力忘掉曾经的妄想，否则我就会觉得自己在写作方面真失败啊。

一个月后，8 月的一个下午，我打开手提电脑，为几个星期后要教授的课程做准备，然后我就在收件箱里看到了那封邮件。在邮件主题那一栏，是我发给杂志社的那篇故事的标题。而在发件人那一栏，却是一个我不认识的名字，不过这可不是那种一般预示厄运的地址："editors@journalabouttorejectyou.com."（邮箱地址的英文拼起来是：编辑@将要拒绝你的杂志社 .com），我的头脑一阵兴奋，立刻点开邮件。这封邮件来自杂志社的新编辑，他告诉我，他很喜欢我的故事，还问我是否愿意做一些编辑工作。

当然好啦！

说说迟来的生日礼物吧。

还是那一年夏天，一本学术杂志收录了我的一篇文章。

你知道吗？其实我不记得是先获知哪一个了，是故事在先，还是文章在先？奇怪的不是这个，而是脑袋和记忆玩了什么把戏。有时候，这是个保护机制，痛苦的记忆不会留得太久。然而有时候，当我们达到渴望已久的目标时，也记不清细节了。你知道，我对小说付出已久，所以你应该知道，故事和文章，哪一个成功的细节会在我脑子里根深蒂固。然而它们都不是。最不可思议的是，有一段情景经常在我头脑里回放：我接到代理人的电话，他告诉我，我的书推销出去了，而在此之前，我曾想象了好几年——当时我会在哪里，我会首先告诉谁（当然，后来我是歇斯底里地打电话给我丈夫和父母），我会扯开门"喊出我野性的狂叫"*（谢了，沃尔特·惠特曼），还有我当晚会喝哪种牌子的香槟。

而我们现在谈论的是出版，事实上没你想得这么重要。那么你读本书目录时发现了没有？这一章和下一章是本书仅有的全部讲出版问题的两章。

其实我也很惊讶。我从前以为，对于作者来说，出版是一辈子最重大的事情。我曾以为我会在这样的书里奉献更多关于出版的内容。

* 这句话出自沃尔特·惠特曼的作品。

在我真正开始写这本书之前，都是这么想的。

不过，这是一本关于写作和成为作家的书，如果我不说一些关于如何出版的问题，那也太疏忽了。所以这一章的重点是，如何以最佳状态面对编辑、代理人和出版商；而下一章的重点是，某部作品被采用时会发生什么。我写这些内容时，会根据我所知道的书籍出版流程，也就是《作家文摘》出版社的流程来描述。

我想以这样一个内容开始——如何把短篇作品发表在文学杂志上，这些作品包括几首诗、一篇文章、一个短篇小说。当然，如果你正在写一本小说，并且想知道怎么找到一个代理人，你还是应该读读这一章，因为这个寻找作品发表的过程也适用于寻找代理人，而我打算重提本章开头的部分，就是关于小说那部分。在踏上小说家这条职业道路之前，先在杂志上发表些作品赚点名气也是不错的。这会告诉别人，你是严肃对待写作的，而且也有助于应对下文中将提到的从众心理。

第一件也是最重要的事情，就是认真地润色、修改、校对一篇你最引以为傲的作品。你已经花了很多心血在上面，你觉得它够特别了，那一切就准备好了。下一件事，就是想想把它发去哪里。如果你专门写某一类型的文章，事情就好办了——只有少部分杂志是专载推理小说的，这只是其中的例子，还有一小部分是专注科幻小说的，有一些是针对年轻人的（可以查查 YARN），如果你正在写成人文学故事，你的选择就有很多。

找到合适的杂志社

现在几乎所有的杂志都有在线阅读，我多么希望当年我开始投稿的时候就有！如果现在要汇总一份杂志社名单，我会从文学杂志社和出版社委员会的网页（CLMP. org）开始（美国的一个组织，成员为各家独立运营的文学杂志社和出版社，成立于 1967 年）。它提供了很多此组织下的各杂志社名录以及它们的网页。一些通过验证的权威书籍，比如年度"作家销量"系列，有一些会有在线版，也会简短地介绍上千家杂志社以及它们的目标稿件。不是所有文学杂志都是生来平等的。在一些大名鼎鼎的杂志社，比如《格兰塔》（*Granta*）和《巴黎评论》（*The Paris Review*），年轻无名的作者几乎没有机会发表作品，因为他们得和乔伊斯·卡罗尔·欧茨、罗素·班克斯等知名作家竞争。我现在还偶尔投稿去这些大杂志社，管他收不收呢，对吧？其中有个编辑，叫乔卓普，曾经给我写了一封激励人心的退稿信，还有一些对我的故事的评价，还手写了一张字条，叫我给他发更多作品。噢，这张手写字条啊，再也没有比这更让一个作家窝心的了！而且我要告诉你，我也是一个编辑，被无数稿件湮没，如果一个编辑不在乎某人，是不会给予鼓励的。所以，如果你收到这样的赞赏，一定要好好珍惜。

如果你和我一样，觉得这些网页和书真是多得让人眼花缭乱，如果你想更系统地选择，那么就看看你自己的书架吧。我曾收到的关于出版的最好建议就是，从书架上抽出一本书，看看这本书最初是哪个出版社发行的（这个技术同样适用于寻找代理人，我稍后将详细介绍）。我就曾经试过找到几本书，里面的故事和我的风格有点像。从此，我也发散思维，关注其他一些我喜欢的作家发表过作品的杂志社，或者看看他们的朋友作家的网页。我开始看出某个作家和杂志社的目录、常见问题页面、相关页面之间的联系，所以，只在网页上点击了几个下午，我就汇总了一份实实在在的杂志名单，名单上是我可以投稿的地方。我还去了我的大学以及附近的图书馆，尽我所能地大量浏览那些杂志，只是为了确认它们是否可以发表像我写的这样的作品。我没有说谎，这样做有时候真的有用。我发表的第一个短故事就是被认识的人编辑的，我和他们是在哥伦比亚大学艺术硕士班上认识的。

我要怎么写投稿信

如果你和编辑有联系，或者和杂志社里任何人和事有关联，你就要在投稿信里说明——是不是和他去过同一个夏令营，是不是参加过哪个编辑讲话的座谈会，你的英语老师是否认识这个编辑，诸如此类。究竟是什么关系并不重要。只要有关系就提一提，这不会保证你能出版，但是你能比其他人多点优势——至少人家读你的稿子时会比较认真。

合时宜的奉承也是有帮助的，尤其是当你没有任何关系时。这些杂志社都很想知道，你是不是经常购买并阅读他们的杂志。所以，告诉他们，在去年冬天那一期，你有多么喜欢克莉·梅杰斯（本书作者）的文章。他们就会比较看重你。

对于杂志社来说，简短和甜言蜜语是最漂亮的把戏。几句话，最多两段话就够了！第一段，先介绍你自己，然后尽量提一提与这个杂志社的私人关系（记得要赞美，或者有"我读过你的诗……"之类的

评论）。第二段，写写简短的个人经历，还有一些自己最引以为傲的
资历——高中校报编辑、自己宿舍的文学社创始人、在"最可能成为
成功人士"投票中得到最多票数。必须记住，就算你从来没发表过作
品，也不会有人反对你。还是会有人读你的作品。在青年评论网，每
位作者的投稿信都至少会有两位读者，而我们就是最典型的。一张有
内容的履历表会让读者停下来想："哇，别人一定觉得这个作者很
酷。"这就给他们留下了好印象。就像一个在哥伦比亚大学的写作老
师在课上说的，"编辑都是羊，只会跟着头羊走。"

我觉得这话怪怪的，但又不得不承认，它还是有点道理的。对于
我，这种倾向不是很明显，我也不会特别地去接受一个已经在别的知
名杂志社发表过文章的作者。而我更可能有这种情况：当我犹豫要不
要接收一篇文章时，会看看作者的履历表，然后心想："嗯，好吧，
如果她中学三年都在学校的艺术杂志上发表过文章，那么我应该打消
疑虑了吧。"

最重要的步骤： 认真阅读提交指导

你写投稿信时必须听取这些意见。我们最讨厌的就是不按指示发
送的固执类型！如果杂志社叫你把故事放到邮件正文，你就别发附
件！如果他们喜欢你寄信，那就别抱怨，买些信纸。记住，哪怕是在
15 年前的黑暗时期，所有的作家都是把作品寄出去的，那时的信纸
还更贵呢。纸是很贵的，记得弄个邮资已付并有回邮地址的信封，在
被退稿时使用，否则你就断绝信念吧。基于此，我发现那些负责接收

邮件的编辑们都更可爱了。

所以，杂志社叫你怎么做你就怎么做，根据他们的要求准备你的作品，然后再发出去。

然后， 就忘了它吧 （这是最艰难的时期）

你花费所有时间写诗歌、写文章，然后准备一切，就像要去夏令营一样，再然后，你把它发出去见识世界了。好吧，到现在为止，如果我要忘掉那些已经提交的故事，唯一方法就是继续写下一个故事、下一部小说，或其他任何东西。当我坐下来按计划写作时，才能忍住不去浏览那家我投稿的杂志社的网页，好像有心灵感应一样，认为他们应该发表我的故事。

一稿多投

可能你不确定"一稿多投"是什么意思，其实就是指你同时把故事发给不同的杂志社。有些杂志社会在他们的指导里说明"谢绝一稿多投"。但我以前一个在哥伦比亚大学的写作老师说，"他们对'谢绝一稿多投'总是过分强调、过分紧张。如果你真的把一个故事只发给一家杂志社，你的作品一辈子都不能发表。"他有一些更现实的话还没说。

我认识的大部分作家都直接忽略掉"谢绝一稿多投"的禁例。因为很大可能你会被退稿。就算是最不可能的事发生了：除了"谢绝一稿多投"的杂志社，还有另一家杂志社收录了你的作品。你只要写一张非常礼貌的便条，加上这样的话就可以了："我竟然没发觉，之前那家杂志社又愿意收录我的作品了，请撤掉我的稿件，不要发表了。"相信我，除非你是 J. K. 罗琳，否则谁在乎你呀。而且，大部分的杂志社可以接受甚至鼓励一稿多投，因为编辑也是作家，他们会明白作家共同的难处的。

还有一些关于"一稿多投"的忠告：因为你真的必须把故事、诗歌、文章发给不同的杂志社，所以你必须想出一个方法，用来时刻记录稿件是被收录了还是被拒绝了。

我会使用一个过时的 Word 文档表格（现在几乎没人用了），把杂志社的名称写在左边栏，我的故事标题都写在顶部那一行，一行一列交叉的空格里，我会写下我在什么时候发出这篇故事、什么时候收到回执、他们回复了什么。也许我应该用 Excel 重新设计这个表格，因为我现在已经会用 Excel 了，或者应该找一个可以搜索联系人和数据域的专门为作家设计的软件，用来时刻记录杂志社和稿件的动态。

学会对退稿信 "视而不见"

学学小锡人没心没肺的样子吧：当你收到退稿信时，把它们整理好放在一个文件夹中。没必要去看那些信件，除非你真的需要打开那个文件夹，然后继续向下一本杂志投稿。我一般一次会向十家杂志投稿，这个工作有两个作用：第一，用一种不带主观情绪的、实际的流水线操作，让投稿的过程感觉不像是在换取一封封的退稿信；第二，它能帮助你坚持去做好投稿这份枯燥而又非常机械的工作。

以乐观的心态接受修改

作为 YARN 的编辑，我要坦白地告诉你：如果编辑要求你对稿件做出改动，即使他并未承诺一定会发表你的作品，你也要保持乐观的心态去接受。有一次，我看到一篇我认为很有潜质的文章，于是我邮件回复了自己的意见给那位作者，但她要么无视我的邮件，要么连尝试改一下都不愿意，我无法形容这种感觉有多么扫兴。我的意思是，难道她真的不想发表她的作品吗？更重要的是，她真的不想提高她的写作水平吗？

平心而论，大部分作者，不管是年轻的还是经验丰富的，都很乐意试一试修改。实际上，这个过程可以很有趣，作者着手去写，然后不断被编者打断和被要求修改。我很享受和作者们一起创作他们的故事。看到一个好的故事变得更棒，我真的很欣慰，我很乐意告诉他们哪里写得很好，并借助这些优势帮助他们去改善不足的地方，然后开心而惊讶地看到他们以自己独特的方式采用了我的建议。

当然，修改并不总是意味着最终能顺利出版。有好几次，我让作者去修改——有时候改了不止一次，但他们的作品还是不能达到YARN 的发表要求。每当那些作者对我表示感谢，并告诉我他们从修改的过程中学到了许多的时候，我总是会很感动。

我也曾经经历过这一切。我按对方要求修改了五回，但依然没有得到发表的承诺。在我的经历中，其中有两次五回的修改，一次是一篇故事，一次是一篇散文，直到最后我才真正得到认可。但有一次，我的散文还是被拒绝了。

还有一次是我在写一本小说，那位要求我修改了多次的代理人，他的同事最终却成了我的代理人（这并不坏，下面会继续谈到）。

记得最让我心碎的是，有位大型出版社的编辑喜欢上我发表在YA小说上的一篇稿件，要求我去修改。她第一次跟我的代理人谈话的时候，她的样子像是想要出版我的书。后来她邀请我去她的办公室——这可是她工作的地方啊！多么让人激动！但她告诉我，她唯一想的是让我把这本书的版权转让给她。

我的心渐渐地沉没了。我不得不从我的脚趾间血注中重新拾起我的心。我也曾听说过其他人的类似事情。实际上，在我与那位编辑见面之前，我曾和一位好朋友在共进午餐时提起我们另一个共同的朋友，出版方就是想让他放弃他的版权。他辛辛苦苦地写好了手稿，到头来只是遭到无情的拒绝。

仿佛这一切都是注定的，但当我拿起自己修改过的稿件，我心中仍抱有希望。如果那位编辑的意见不能与我产生任何共鸣，我是绝不会修改一分半点的，但那些意见确实打动了我——我认为那些意见都是准确的、可行的。接下来的两个月，我所做的就是努力把我的小说修改成我喜欢的版本，这个版本被我的代理人评价为"更丰满了"。

但这位编辑并不认可。

有时候，写作这件事儿真让人讨厌。

往好处看，不管怎样，我的小说确实进步了许多。那位编辑也明确指出了我写作上的弱点——回想起这几年，我也或多或少听到过类似的建议，尤其是针对我的小说：我笔下的主人公需要在剧情中表现得更鲜明；他们太过于被动，而不是主动推进情节的角色。正因为她的意见，我明白了我要审视我所写的每一个字，这样我才能克服这个老毛病。

相信我，要想拨开重重的黑云，看到哪怕是一丝的希望，都需要长时间的忍耐。在此之前，无尽的黑暗将在你脑海中萦绕不去，日复一日、月复一月，直至侵蚀到你的骨髓中。

不过，就算让我回到过去，我还是会做出让步。我能有什么选择？一个大出版社的编辑喜欢我的书啊！我还想不想发表我的作品了？

写到这里，对于这些问题，我相信你们心中都会有自己的答案了。

怎样寻找一位代理人？

既然我已经写到这里，并分享了我与一位大型出版社编辑之间的经历，现在是时候谈谈怎样出版一本书了。这是最棒的时候。

我此前在"寻找读者"中匆匆地提到了我是怎么找到我的代理人的，但自从我明白这是一位作家成长的必经之路后（我也不例外），我会在这里完整地讲讲它。因为我认为这很生动地总结了许多我之前的建议，适合在这一节中分享。

当我第三次修改完我的那篇悬疑小说后，我就意识到我要开始去找一位代理人了。我进展得不错，我会按照这本书最初的思路写下去。在找代理人的时候，我做了以下几件事。

　　我打开了电脑里的一个文件夹，里面有我所知道的代理人的信息，这要么是通过朋友，要么是在哥伦比亚的小组讨论会上，要么是在网上看到的文章中找到的。由于每一位文学代理人几乎都有自己的网站，所以我很容易就能在文件夹中找到这些代理人的详细信息。有些信息是放在"发送列表"中的，其他的就不要了，因为事实证明，那些人要的是食谱或者色情小说，而不是我写的东西。

　　我也曾经整理过一份列表，里面的代理人都是书上"致谢"那一页所提到的。这些书包括我读过的悬疑小说中跟我风格有点类似的，以及一些我很欣赏的文学小说。接下来，我会在网上调查这些代理人的信息，挑合适的补充到我的"发送列表"中。

　　我也通过纽英伦控诉协会（New England Crime Bake）这个机构找到过机会。这是悬疑小说作家在美国纽英伦分会所设的一个官方研讨机构，同时也是一个很好的渠道，可以通过那里提供的小组研讨会、阅读材料等资源找到代理人。在这个机构中，我不仅收到了代理人的邀请，而且在接下来的三天中，我还有幸和众多著名悬疑小说作家以及他们的编辑和代理人共聚一堂。我有足够的时间和他们沟通！我不得不准备我完美的"电梯演说"——你知道的，精心设计两分钟的作品简介，只为吸引代理人的一句话："喔，我得去读一读。"然后鼓起勇气把书稿送出去。

　　我在纽英伦控诉协会交到一些好运。那位我主动找到的代理人说我应该"马上发出去"，他的热情让我开心得几乎喘不过气。在咖啡小憩和午餐时（以交际为目的而设置的），我不经意地遇到一些其他的代理人，他们专业的自传作品让我觉得我的小说也许会符合他们的口味。到最后我离开的时候，他们中共有五位表示很乐意读一读我的作品。

当我回到家的时候，我查看了投递指导，并照此准备了相关材料。我认真写好了自荐信发给那些代理人，这些信都比我寄送给文学杂志的要详细得多。毕竟这种机会比起投一份稿件来说要大得多。其中有位代理人表示很希望能成为我的终生代理人！我在自荐信的第一段中，尽可能详细、委婉地交代了我是怎样认识这位代理人的，并介绍了他所代理过的一到两名作家以及我为什么欣赏他们。下一段，我用稍长的篇幅做了自我介绍，并附上我的资质证明，包括那些曾经出版过我的短篇作品的出版机构，并衷心感谢他们为我的出版所付出的一切。

不过，真的，我一直特别希望能找到这位代理人：安·里滕伯格。

在我刚大学毕业那会儿，我住在布鲁克林，开始创作我的第一本小说。那时我在安的家庭办公室里实习，主要是看各种空洞乏味的作品并回复退稿信。在这个过程中，我明白到我的作品并不差，但更重要的是，安成了我的良师益友。她毫不保留地给了我许多关于作品出版的建议（还有关于约会和孩子的教育培养），而且，她随时欢迎我向她投稿。

在我实习完的几个月后，她把办公室搬到了曼哈顿，我已经准备好给她看我的第一本小说。但她的评价让我失望："你有潜力，但你仍需要好好写，"尽管她说得很对。

几年后，我把我写的爱情小说发给她看。她答应会看看第一章。

回想了一下，我意识到那次我可是抱有很大的信心的。但她是一个彻彻底底的大忙人。我请她看这本书的时候，我知道她通常不会代理浪漫小说，所以我抱着开放的心态接受她可能会提出的建议。她翻了翻我的书，礼貌地说她并不感兴趣，但她建议我试试发给她的三位同事看看。虽然最终还是没有结果，但这件事使我依然与安保持着联系，而她也帮助我一直活跃在整个出版界中。

这一切之后，到我写那本悬疑小说的时候，我认为机会来了。安做过许多悬疑作家的代理人，其中不乏一些广受赞誉的畅销书作家，而我，也想成为其中的一位。我写邮件给她的时候，她已经是三个女儿的母亲。在邮件中，我也为她最近代理的作家所获得的成功表示了我的兴奋之情。

她打电话告诉我，收到我的投稿并读到这部作品让她有多么兴奋，她告诉我书中的情节和角色让她欲罢不能。接完电话后，我在办公室开心得直接跳起了吉格舞。

在我把作品发给她后不久，我看到我的邮箱里有个又大又鼓、大概一本书那么大的包裹，上面印有安工作机构的邮寄标签。

这不是很好。

我迫不及待地走进屋子读那个坏消息。我撕下白色的信封，开始读那封用橡胶贴在我的小说上面的信。她依旧对我的小说充满热情，还给了我一些关于主要人物、文学、故事的高度赞美。接着还给了我一些简洁睿智的建议，并且邀请我给她打电话，如果我想谈论更多的细节的话。

哟！

这并不像我邮箱里的邮件那么糟糕，至少还有希望。第二天，我打电话给她，并且记录了谈话内容。她说的话让我很受用，我想一旦我修改了文章，她会愿意重读。

但是，她并没有表示愿意这样做，我很失望。

但我仍旧让这个过程变得更有策略，我把这些拒绝的东西归档后，又把书发给我列表上的另一个代理人。一开始我一次发给十个人，后来改为一次五个人。

牢记安的评价，我修改了我的书稿。因为她的建议影响了我的整个初稿，所以我花了一个月的时间，但我很激动。伴随着每一点变化，我感觉到小说越来越有力了。我满怀希望地把书寄回给她，当然，我承认带着试探性的自信。

一个月过去了。

又一个月。

然后再四个月。

期间我又写了一本年轻非主流的书，部分原因是写这本新书的想法在我的脑中徘徊不定，这也能在一定程度上分散那些对我的稿件有所否定所带来的失望。

要不是安在一个 8 月的早晨打电话给我，我都快放弃了。

你可以想象当时我的心情有多么激动。除非有好消息，否则她不会打电话过来的。

是吧？

电话中的她不停地给我解释为什么这么晚才回复我，并对此表示抱歉，她说办公室里的同事读到我的作品后非常感兴趣，其中有位暑期实习生佩恩特别喜欢我的作品，因此想代理我的作品。

！！！

我会对佩恩的代理感兴趣吗？安对佩恩的赞美溢于言表，她称赞佩恩是一个很聪明的女性，也是她见过的最好的读者。还说佩恩清楚哪里的编辑对我的小说最感兴趣，而且佩恩会很对我的口味。

我会吗？

"安，那听起来很好。记得叫佩恩打电话给我。"我想我很难掩饰我激动的泪水和声音里面的如释重负。

在佩恩打电话来告诉我，她对可以接手我的事业有多兴奋前，我有足够的时间冲向我的丈夫；告诉他这个好消息，并在大厅跳了一小段开心的舞蹈。

在她把书交给编辑前，她只提了少许建议。

当然。

但这次，我收到的是一份合同邮件。

对于佩恩和我来说，为了这本书的合同签署，我们还有很长的一段路要走。2008 年经济下滑影响了奇迹的发生。但我还是对于她的忠心耿耿和她对我多年来制造的迂回曲折胸有成竹表示万分感激。她的初衷是签署推理小说，但她还是不厌其烦地阅读这些年轻非主流的作品以及这本关于写作的书，并为此感到兴奋。我觉得有这样一位代理人很幸运，她能支持我既是一位作家又是一位青年评论网的编辑这样的身份。

这些是你选择代理人时要考虑的方面。他们是否和作者保持持久联系？他们能够理解你以及你的作品吗？当你急切想得到编辑的回复时，他们是否能帮你越过重重障碍，并帮助你保持冷静？

拔得头筹

毫无疑问，如果你能从我所讲的东西中汲取信息，你会发现从代理人那里获得实实在在的东西要耗费很长一段时间。这本书里讲述的都是一些作家的故事，他们有足够的耐心来等待，像梅格·凯博特（编剧、作家），她花了三年的时间寻找代理人，又花了一年的时间等待代理人出版她的书。我有一个朋友等了 18 个月，结果代理人把她的书卖给了二流出版社。第一次出版，反响惨淡。于是她进行了一番修改。后来居然一炮打响！

你找代理人的经历其实也是你的代理人找出版商时经历的过程。当然，当代理人答应接下你的书时，对于出版商，他心里已经有了合适的选择。如果我以及我的这些作家朋友的经历有代表性，那说明你的代理人会在第一轮审核时把你的书送到 10 个甚至 20 个出版商的手中。因此她可能会搜集自己手头所了解的出版商情况，为你寻找最适合你的出版商，你只需接受她的建议。

然后，她会像你一样写信给那些出版商。和你不一样的是，她在出版圈中很熟络，所以她会很快得到回复，例如："请把这份有趣的手稿寄给我看。"而不是像你一样傻傻地等待和寻找。

当你和你的代理人还在等待并且极力遏制自己不去想可能发生的事情时，你的书其实已经传遍十几家出版社。

在一些出版社看来，你的书并不入眼。你也会收到来自那些你的代理人联系的出版商的拒绝。我的代理人把那些邮件转发给我,其中有一些回复真的让人忍俊不禁。但是如果编辑对你的项目感兴趣,那么你的书就更有可能出版了。

最近我听说每一家出版社的审核进度是不一样的。一些出版社有专事审核新项目的编辑,他们的主要工作是评估项目,然后将其报送给编辑部其他编辑,以及那些给你的书提供销售支持的市场营销人员。如果你的书得到批准,那么审核编辑会联系你的代理人并报价。此后,你也不必会见这位编辑。你的信息以及你的书会移交给合同经理,他主要负责起草合同和进行合同磋商。接着,会有一个责任编辑负责包装你的书并出版。在某些出版社,跟你的代理人接头的是会全方位协助你的编辑。即他全权负责审核你的书稿,然后报送内部选题论证委员会(同样也包括一些营销人员),他还会编辑你书稿的内容,与你共进退,直到你的书面世上架。有关这方面的更多内容将在下一章谈到。

不管什么样的编辑接受并编辑你的书稿,从你代理人联系你的那一刻起合同就生效了。

我的情形是,我提前就知道审核编辑会在某个特别的星期五通知佩恩,选题论证有没有通过。为了防止我因苦等电话通知而(紧张得)咬自己的指甲,我故意在早上安排了我女儿跟一个小男孩的玩耍约会,我非常喜欢那个小男孩的妈妈。这个玩耍约会是关于小朋友画复活节彩蛋的——但事实上,如果有任何事情想暂时把我从这种等待中分离,都好过让几个贪玩的小孩乖乖交出颜料来。

在那个可爱的春日早晨,我的计划得到了回报。我们刚完成了各种琐碎事情，佩恩就打电话过来了。直到我的朋友帮忙把我的两个孩子带去游戏室，我才有时间回佩恩的电话。

我听到的是好消息：《作家文摘》出版社要了我的书稿，细节会在下周的早些时候讨论。

接下来的是庆祝，暂定庆祝会在两岸举行（我父母住在加州，我住东海岸），暂时因为很多东西还没上轨道，还不正式。

要想让书稿变得正式，我还有很多文书工作要考虑，还要和佩恩洽谈。如往常一样，为了整理好问题我又花了一个月的时间，这些文件在不同场合有不同要求，所以这里不赘述。你的代理人会详细解说，你应该大胆询问所有关于你文件的问题。梳理这些问题的时候，你要有个清醒的头脑，最好喝杯咖啡，因为当有个欢乐的小声音"图书合同，图书合同"在你脑中不断响起的时候，你很难搞清楚那些法律术语。

额，为什么当你想知道接下来发生什么时我却一直在唠叨文书？快说一本书是怎样制作成的！

欲知后事如何，且听下回分解。

27 团队努力

你知道卡通人物史努比吗？就是拥有偶尔带给他创作灵感的伙伴助手伍德斯托克陪伴左右、喜欢坐在房顶上敲键盘的那个史努比，你知道它吗？其实，这正是我所欣赏的作家形象。在我的作品发表之前，我以为写作只关乎我、电脑以及不断涌现的奇思妙想。

被我邀请加入我的写作项目的第一批人，就有点像伍德斯托克——就是那些会对我的文字叽叽喳喳说个不停的挚友们。很多年后，我的读者圈子慢慢扩大到有很多的陌生人、同学以及老师了，他们的观点确实帮助我完善了我的作品，但大多数时间，我还是像史努比一样，一个人待着、写着。这是因为，在拿到任何出版商的出版合同之前，我所创作的都仅仅只是属于我个人的初稿和修订稿。

但是，当一位编辑接收了我第一部将要出版的短篇小说时，我就不再是唯一一个决定最终成果该如何呈现的人了。我必须着手处理那个在空白边缘写满评论、文中充满字句删减或增加以及各种各样更改建议的文档了。但是，我却对这些要求一点儿都没感到不满，因为我在知道小说能够发表后实在是高兴极了。后来我发现，这位编辑的更改意见和我的想法不谋而合。我并没有觉得他是要把我的作品改得面目全非；我只觉得他在帮助我完善我的故事。在我全面修改了七八次后，我的小说终于符合了出版要求。

以上这些正是一个编辑的分内工作：看到一部作品的潜力，并能感觉到与该作品之间有着强烈的共鸣，以至于能够帮助将作品改造为担得起该出版商名声的故事、论文或者诗歌。我也正是这么看待我在青年评论网的编辑工作的，我想，所有因出版我的作品而与我合作过的编辑也都有着这样的负责态度。在杂志上发表短文时，作者和责任编辑就组成了一个负责该篇文章的小团队，但在这种情况下，作者能插手的时候还是比较少的。对我来说，情况就是这样。一旦我写的东西被选去发表了，它就会变得有点不像是属于我的东西了。

有些作者不喜欢这种团队工作。他们经常对那些不理解他们作品或者想大肆改动原稿的编辑抱怨不断。有时候，这些作者的指责是对的，的确是编辑们越过了他们的职责权限，在这种情况下，作者们可以联系著作代理人，让他来介入此事，以免事态恶化。但有时候，是作者自己只想在自家房顶上当一个孤独的"史努比"。然而，就算你的文章被过度编辑或者由于编辑修改使你的写作风格受到影响，这些危害与你的作品永远不能发表相比还是微乎其微。因此，我想告诉你的是，如果那些编辑喜欢你的作品，而且你也在乎他们，你就应该相信他们的那些建议。但请你记住，你们是一个团队。如果你觉得有些建议对你的文章来说行不通的话，你就应该委婉地拒绝他们。我就曾经和青年评论网的作者们多次讨论过我给他们提的那些修改意见，而且通常情况下都是我作出让步，任由作者跟着自己的想法走。另外，你还要记住，如果你和哪位编辑完全合作不来的话，那你以后就别再找他合作，而是去别的地方发表作品。

在杂志上发表小文章时，作者和编辑通常就是出版团队里的两个成员。但是，在我发表某篇小文章的过程中，竟然意外地有一位天才艺术家为我的文章配了一些精美的插图。当我拿到邮寄过来的那份杂志时，一翻到我的文章页，看到那些插图，我整个人都惊呆了！我的团队里竟然还有一位不可思议的画家，而我对此事竟全然不知。

出版书籍的团队规模相对要大得多。

是的，毋庸置疑，我将会讨论一下个人出版。但在那之前，我先跟你们说说传统出版的程序。就算你真的才华横溢，确定要带着你那绝美的作品走个人出版这条路，我还是建议你先了解一下传统出版，因为你在搞个人出版时也还是要走相同的步骤，只不过团队规模小了一些而已。

书籍出版最先开始于作者及其著作代理人，著作代理人很可能会在呈交书稿之前先给出一些编辑建议。其后，责任编辑就会加入到这个团队，对该书的初稿给出初次的修订意见。而责任编辑可能还会配有一位助理，通常是由一位初级编辑实习生来担任。助理的工作琐碎繁杂，从接电话到书籍的编辑都是其工作范围（特别是在助理先读过该书初稿，然后又第一个推荐给他的老板的情况下）。

编辑书籍的过程和编辑期刊文章的过程十分相似，但相对更加缓慢。那是因为编辑团队要面对的是大约400页的"庞然大物"，而不是一个只有20页的"小宠物"。小说和非虚构作品的编辑过程又有所不同。对于小说来说，特别是你的第一部小说，它是在你完成了所有初稿之后才签订的出版合同，因此，编辑可以立刻开始他的工作。然而，非虚构作品则是在通过了一篇包含着只完成了全部内容 10% 的样稿的著作申请书之后，就签订出版合同了。这也就意味着，编辑要等 6 个月甚至更久，直到作者全部完成书稿，才能开始该书的编辑工作。你现在读的这本书就是非虚构作品的典型例子，出版商给了我两个截止日期：第一个是完成这本书前半部分的截止日期，第二个才是完成全书的截止日期。在第一个截止日期，我的责任编辑给了我一些建议，这些建议有助于我修订前面的章节，也影响到后面尚未写的章节。

当作者在责任编辑的建议下做了初期的修订之后，又会把这本书稿呈交到编辑那里，询问他能否通过，或者是否还需要再次修订。当责任编辑和作者都一致通过之后，书稿又会被呈交到文字编辑那里。是的，文字编辑，他们都是一些特别注重细节的人，能够挑出你书中所有的拼写、语法错误，有时甚至还有事实错误（虽然在大多数情况下，作者有责任去弄清事实再写进书中）。你需要一个好的文字编辑，不然的话，那些愤怒的读者就会在你亚马逊的商品评论栏里帮你列出更多的拼写错误来。读者们就是爱挑这样的错。因此，拥有一个优秀的文字编辑是相当重要的。如果说，你觉得出版社分配给你的文字编辑不够优秀的话，我建议你去另外雇用一个自由文字编辑者，或者雇用你身边最喜欢咬文嚼字的朋友来对你的作品做个仔细检查。

当你的书籍进入到文字编辑的阶段时，你的出版团队中就会不知不觉从哪儿冒出许多成员来。在某些情况下，你之前就见过这些人，只不过到了这个阶段，他们才变得和你的编辑同等重要。其中，设计

师会帮你设计封面及其他外观方面（字体、字形以及标题页等）。而
设计师通常又有自己的团队，他们会负责该书不同版本的设计，这不
仅包括图书馆以及书店架子上的精装本或者平装本实体书，还包括在
Kindle、Nook 以及其他电子阅览器上出售的电子书。

我希望将来你的书的封面也能像我这本书一样酷炫，那你一定会
欣喜若狂的。起先，我并不那么期待这个封面，也没想到他们这么快
就会把封面做好。但是在一个下着小雨的星期四早上，我的编辑发了
这本书的电子版封面给我的时候，我觉得这封面简直酷毙了。但是，
据我所知，并不是所有的时候都能一切遂你的愿。但是，既然你的作
品代理人已经和你的出版商谈过出版合同的细则，我猜你应该在合同
里有提到过对书籍封面保留一些决定权，因此，在这个问题上，你是
有话语权的。但是，你要记得这个事实：你的封面设计者也像你一样
认真对待自己的作品。因此，如果你有什么意见的话，请你先肯定他
的工作。

哦，对了，还会有摄影师帮你拍作者肖像照。对，就是如果你的
作品被传颂为"又一伟大作品"的话，会被粘贴到互联网每一个角落
的那张照片。我认识的很多作者都被要求自己把照片发给出版商，这
也就意味着，作者可以自己选择摄影师。现在，请从你的书架上取出
一些书来，观察一下作者肖像照，然后想想你想要什么样的照片。特
别要注意那些你不喜欢的照片的样子，然后告诉你的摄影师，你不想
被拍成那样。

大约也是在这个时候，你需要更多地去思考如何让你的形象在各
个网站上随处可见。出版社会派给你一个宣传人员，通常这个人也有

一个自己的团队。所有的相关人员——他们和编辑以及出版商（出版商在这个阶段一般都只是露个面而已）——会一起商量如何定位和推销你的作品。

到了这里，可能很多人会说他们已经完全了解了书籍出版团队的相关事宜。他们认为，书还是那本书，就是你可以拿在手上的一个东西，但推销书籍就是另一码事了。然而，我并不同意这种说法，因为你的书呈现在媒体上以及呈现在读者面前的方式，对于人们如何想象以及接触你的书是至关重要的。那些书背后所列的成功作家的评语，以及那些广告文案以及出版商宣传册上出现的宣传广告——所有这些都和你的书封面以及文字编辑质量一样重要。确实，这些都是一些门面工作，但谁说门面工作就不重要呢？

好的，现在我们就来说说推销。在你这本书准备出版的阶段，你千万不要有开始写下一本书的计划。在出版书籍的关键时刻，推销书籍在你的计划中就等同于写作的地位。在这个阶段，作者从出版商那里得到的其对于推销书籍的帮助会受诸多因素的影响，因而难以预料。进一步说，就算一些作者从出版商那里得到许多帮助，他们也会发现这些帮助还是不够，自己还需要做相当多的工作来确保书的销量。而且，世界上所有昂贵的推销方案都不能保证你的作品就一定畅销，因为这些方案不见得能帮你赢得好的口碑，而口碑却是唯一能保证销量的要素。人们会谈论你的作品，在博客里会提起它，在公车上会推荐给朋友甚至陌生人，或者在校园里也随身带着它。

但是，你怎么样才能以最好的方式赢得持久的口碑呢？这就要从你的书的封面的宣传广告开始——如果你的书是平装本的话，那些广告会写在书的封底上。这些广告语通常会从多个层面总结你的作品，并把它夸得天花乱坠，以至于你自己都会觉得不好意思。当然，不是由你去写这些广告语，你太了解这本书了，怎么可能会写这些呢？我就读过我的代理人在书籍经销网站为我的书撰写的内容概要，在这方面她确实比我自己做得好。那时候我想，这些话都是真的吗？这真是我写的那本书吗？你可以邀请有名的作家为你的书写评语，然后把他们的评语附在书的封面或者封底上。这时候，你要尽量多找些人帮忙，并且承诺他们如果将来需要你的话，你也会义不容辞。还有，别忘了找一些好看的信纸，给他们写封感谢信！

　　一旦你的书达到可以销售的要求之后，剩下的事就只关乎广告、书评以及社会媒体了。除非你相当富有，能独自承担在报纸、网络上投放广告，一般来说，宣传工作都由出版商负责，并决定于他们愿意花费多少来宣传你的书。不过，你必须做好心理准备：除非你是苏珊·柯林斯，或者可能成为下一个苏珊·柯林斯，你的作品一般来说是得不到多少广告经费的。

　　好消息是，很多推销书籍的重要渠道都是免费的。虽然有一些媒体会收钱来推荐你的书，但在大多数情况下，他们如果喜欢这本书的话，会免费介绍一下作者。并且，无论你的出版商在推销你的书上有多少经费，你都能有幸接触到在实体店做销售以及策划市场营销的人们——了解他们如何推销的专业知识以及对推销的热忱态度（实际上，这些见识让我大吃一惊）。这对于策划以及实施你的推销计划都是极其必要的。你、编辑、销售人员以及市场营销团队，以上所有人共同努力，为的就是保证将来会有一系列的博主、评论员以及刊物会对你的作品感兴趣。对于以上这些人，你的出版商会帮你找到一些来为你宣传，而其他则需要你自己去努力争取。你可以以作者的身份申请 Facebook、Twitter 以及 Tumblr 的账号，这些都是免费的宣传渠道。现在，越来越多的作者选择在网站上而不是在书店里推广新书，推销途径包括在线聊天以及博客访谈。另外，Facebook 和 Twitter 的设计也有利于帮你的作品打造好的口碑。

推销一本书和创作一本书同等重要，甚至有时推销会显得更重要。很多好书就是因为推销不得当而被埋没，你知道这些书的作者后来怎么样了吗？他们在出版第二本书的时候就会相当困难。这是因为，出版商有一个最在乎的出版条件，那就是，已发表作品的作者的第一本书是"盈利"的。盈利也就意味着，这本书让你的出版商赚回了你给你的书要的价钱，而且，你也能够有一些版税进账。这里有一个小提示，如果在你的书报价很低的情况下，你还会觉得高兴，那你一定是在努力争取"盈利"——要价 5 000 美元会比要价 50 000 美元或者 500 000 美元更容易达到"盈利"。但是，要价高的话会有一个好处，那就是，如果你自己无法进行推销工作，你就有钱去支付一个独立的宣传机构来推销你的书。你的这份投资将会支付后面团队成员的酬劳。

既然提到了报价，我们现在来谈谈个人出版。如果你准备自己出版你的书的话，就没有报价这一说。事实上，你将不会拥有任何我上面提到过的团队成员，除非你自己去雇用这些团队。但是，你必须处理好走传统出版途径会发生的所有事情：你需要确保你的书在内容和文字方面都能做好编辑；你还需要设计好封面、宣传类评语、推销计划，以及所有其他事。这可是相当大的工作量。

但这也并非是件坏事。只有一个人的团队（即团队成员只有你自己）同样意味着，虽然你会工作得很辛苦，但你不需要和任何人分享你卖书得来的收益。当然，你将会在编辑和封面设计上花一些钱，但是，你的一些才华出众的朋友和家人也可能会廉价出售他们的劳动力来帮你（你在致谢页写的感谢语也是一个很好的宣传工具）。你还需要承担亚马逊网站（或者 Barnes & Noble 网站、苹果网站）为电子书籍设置的标准利润分成额。如果你还打算卖实体书的话，就还得找到一家物美价廉的按需印刷公司。而一般来说，这些公司都是需要先交钱再提货的。但是，当你支付完以上账单，你卖书赚的钱就都是你自己的了。因此，你一定要准备好一切，来为你的书赢得好的口碑。

在过去，个人出版经常被看作是满足作者虚荣心的行为。因为，这很可能就是一个虚荣的作者在遭遇了所有出版社的拒绝之后，想在该出版社面前显摆他就算是通过个人出版也能挣到钱。

但现在已经不是这样了。有些作者——包括一些老牌作者和明星作者——决定绕过传统出版社，靠自己去开辟新路。虽然确实有作者是在遭受出版社拒绝之后才转向个人出版的，但是，读者们现在也认同其中一些优秀作者，而不再只是虚荣或者可怜的出版行业弃儿。如果你读过本书前面某些章节的话，你应该知道作者被拒绝的原因有很多，作品质量仅仅只是其中之一。由于出版业的这一发展趋势，很多著名机构开始颁发各种图书奖项来向个人出版中的杰作致敬。

当然，个人出版是个应当考虑周详的出版途径。我强烈建议你看清这一点，如果一个人想让自己的书在个人出版的圈子里被认可的话，就别想走捷径。市面上已经有太多写得糟糕透顶又没有被编辑加工过的垃圾作品了。因此，如果你想要成为一位成功的作家出版人的话，那就踏踏实实地好好干，最终把自己打造成一个人的出版公司。在这里，我想真诚地对你说声：祝你好运！

最后，我们都需要在出版作品的时候有好的运气。不论你的出版团队有多么庞大，一旦你的书开始发行，每个人都会祈求好运降临。出版这一行总是充满着揭露其黑暗真相的故事，而这一真相就是：除了少数情况，没有人会知道他们的作品在什么时候会像野火一般飞速蔓延。至今为止，出版业中就有很多黑马作品，其中包括《哈利·波特》（Harry Potter）、《冷山》（Cold Mountain）以及《丫丫姐妹会的神圣秘密》（Divine Secrets of the Ya-Ya Sisterhood），等等。

我认为，这消息应该是令人安慰的。因为这也就意味着，如果你的书此时未进入畅销书之列，也还有很多人是和我们一样的境遇，而任何一本书都有机会成功，所有人都在为这件事努力，因此，所有人就像是在同一个团队中。

28　读者第一

我最喜欢的文学作品之一是伊塔罗·卡尔维诺的《冬日晚上的旅行者》（*If on a Winter's Night A Traveler*）。在书中的情节里，叙述者站在书店里清点各种类型的书，这些书是每个真诚的读者都想拥有却不会有机会读到的，例如《每个人都读过这本书，你也应该读过》、《你想拥有这些书以备不时之需》、《你必须把这些书同其他书一起放在书架上》。这篇文章总是能把现实和我奇思妙想的阅读世界联系在一起。

我从来都不是一个大诗人，我很嫉妒那些喜欢阅读和欣赏约瑟夫·康拉德和格雷厄姆·格林作品的人，难道我缺少他们那种欣赏文学的天分？现在我已经踏入社会，如果在《心中的黑暗》（*Heart of Darkness*）这一部我已经读了三遍的作品和《用餐愉快》（*Bon Appetit*）这一新作之间选其一，后者总是更吸引人。

我觉得网飞公司* 是有史以来最伟大的创新。

---

* Netflix 是一家在线影片租赁提供商。公司能够提供 Netflix 超大数量的 DVD，而且能够让顾客快速方便地挑选影片，同时免费递送。Netflix 已经连续五次被评为顾客最满意的网站。可以通过 PC，TV 及 iPad，iPhone 收看电影、电视节目，还可通过 Wifi，Xbox360，PS3 等设备连接 TV。

我有一台电视，我会想到它。

我去健身房。

这仅仅是个开始。

所以在书的结尾，谈到关于写作的神圣性问题时，我必须承认我没有把全部开销花在饮食上明显是对的，我依然热爱文学。我的空闲时间经常因为挡不住各种读书、写作、阅读以外的诱惑而被浪费。我一度经常跟别人争论的话题是"很多电影和电视节目（例如《疯狂的人类》（*Mad Men*）、《孩子永远是对的》（*The Kids are All Right*））也能教大家读故事和写故事"，但事实是我发现自己看的许多电影如《宿醉 2》（*The Hang over Part Ⅱ*）并没有带来太多启发；相反，它们带我逃离现实，令我更加沮丧。

经常看电影和读报刊之类的活动将我从那些快餐式思维中解救出来。我会有一些肤浅简单的想法，例如迈克和我可以带上埃琳娜一起去旅行，又或者红辣椒使配料更有味道。至少我不像电影里的女英雄一样肤浅。有对比才知道，坐下来读一本书就像是一次投资。

工作过于繁忙的现代人认为快餐思维理所当然。我们觉得自己已经有太多事要做。我们明明可以租 DVD，达到一箭双雕（既了解故事内容又能完成作业），为什么还要花时间来读《狮子、女巫和衣柜》（*The Lion，the Witch and the Wardrobe*）这些经典名著？

事实上，我不是这种快餐式思维的受害者。我仍热爱阅读。当我坐下来读一本书的时候，那种感觉很奢侈。但同时我的灵魂似乎得到陶冶。

在这场关乎阅读方式和态度的战役中，我并不是唯一坚持阅读纸质书刊的人。2004 年，美国艺术基金会（NEA）发表了一份关于美国人阅读习惯的学术研究，叫《有风险的阅读》（*Reading at Risk*）。这份研究表明，现在读书的人越来越少，很少有人像以前那些固执的读者一样，用固定阅读量来寻求灵魂的丰富。

这项研究一发表，就引起文学圈的一阵非议，为读者减少感到惋惜。NEA 报道一直受到非议，特别是它对阅读这个概念定义得太狭窄，并且有越来越多对美国人的阅读习惯的研究，纸质书的销量仍然令人担忧，出版商也在寻求在这个电子时代吸引更多读者的方法。

这对作者来说是个糟糕的消息。没有读者，书写给谁看？书籍其实和其他东西没什么区别，有销量（作者和出版社）才能生存下来，但大部分读者都没有意识到这一点。如果我年长一些，在我授课的大学里和教授们起草一个文学项目时，我就需要考虑这个问题。这个队伍是在大学图书馆里建立的，人数却越来越少。在一个阴冷的周二，我们第一次聚集在一起，围在图书馆多媒体室的暖气旁，任凭屋外天寒地冻。

开始讨论之前，我们每个人都填了一份调查问卷，里面的问题包括：

你阅读的重点：a. 娱乐　b. 时事　c. 调查研究

半年内你读了多少小说：a. 少于 5 本　b. 5～15 本　c. 多于 15 本

当我在会议上对着一个发出尴尬笑容的小群体时，突然意识到我的答案应该会让我变成他们尝试研究的焦点。

吃晚饭的时候，我把会议的事告诉迈克，他说："听起来你在努力为你的作品寻求市场。"

这简直就是在贬低我！我是个作家，艺术家！我不打算让自己的作品低于市场需求的底线。但确实，我的书需要市场。作为一名教师，我以更有意义的方式鼓舞他们，让我的学生们学会形成更有价值的想法、把知识传授给他们，并迸发出对互联网和电视的市场驱动和需求。作为一个作家，我寓教于乐，让我的读者以全新又充满挑战的角度看待这个世界。

意识到我误会了他的意思，迈克解释说："别误解，我觉得你应该寻求适合你作品的市场。你的作品完全有可能在未来摆上亚马逊畅销小说书架。"

迈克其实是在鼓励我，必须阻止甚至是颠覆市场需求。阅读其实就像 Facebook 一样，在迎合市场。纸质书阅读在现在只是市场需求之一，只有与人类活动相关的商品被需求时才有市场。无论我们多么希望事实不是这样，作家还是得和时间、关注度、潜在读者、消费能力竞争。

我没有打算冠冕其词。作家必须对自己的作品负责，把写作当做一种艺术、一个行业去投入，并且学会如何使更多的人加入阅读的行列。读者真的是作家素未谋面却最要好的朋友。

我想，一说到这个问题，你们中间的有些人应该会稍感紧张。当市场反映不佳（就像詹姆斯·乔伊斯毁了整个职业生涯时），很容易使作家更加抗拒现实，因为我们这个社会对这些直击现实的作家充满了各种偏颇和偏见。他们连同他们的想法都被认为是危险的。作家渴望一直合作的编辑和出版商深知这一事实。当然，也有一些作家在市场上很吃香。许多作家自己出版、自我提升。另外一些走网络渠道。我正在倡议的这一场由作家领军的草根战役"回归书本"虽然是迎合市场的另一个战略，却远超书本所能带来的。把它作为提升自身兴趣的一次机会也不错。

在前面的章节中，我谈论过，老师其实在向学生推广作品这方面很有优势。因为身为作家，这些老师每星期都能见到学生。在正式出版之前，他们有三个月到一年的时间与学生接触、吸引关注。在这几个月里，老师把握着学生的思想，教他们如何阅读和写作；而学生也渴望能进入老师所在的这个圈子。这样想来，真是让人小小地振奋了一下。

但如果你还不是一个老师，你需要以另一种方式吸引人们回归书本，要知道，关注写作生涯永远都不晚。同时，我也梦想着这本书能被更多有思想、有进取心的年轻作家看到。你们有足够的能力使你们这个年代的人重新爱上阅读。

我无法列出所有能让书籍受到人们欢迎的方式，但我能和你们分享我钦羡的一些人赞赏的想法。有些非常简单，有些则需要付诸实践。但相信无论怎样，这些建议都有着无可替代的重要性：

● 去图书馆或者书店读那些你感兴趣的读者的书，与它们交朋友。

● 去附近的书展当志愿者或者工作人员，至少去参观一下。年轻小说家特哈·亚伦·麦克沃就是 AJC 迪凯特书展的总策划者，这意味着她策划并全程监督整个书展。这让我深感惊讶，她实在是个了不起的作家，不仅能够与她所钟爱的书籍为伴，还能做到书籍的推广销售。如果你是这本书的老读者，可能你也会考虑去参观附近的书展。

● 成立一个读书会。向学校或者寝室的每一个人敞开。总有些人会给你带来惊喜。

● 开设一个文化组织。特别是在阅读被漠视的邻里间。每次在新闻里看到一些勤奋的少年做的举动都让我感觉既惊讶又印象深刻。例如莉里·雷，她在社区举办了一个多层次的活动推广阅读，叫"阅读生态系统"，这使她的国家书会获得创新阅读奖。

● 你可以在学校带头为在台风卡特琳娜中毁掉的书籍募捐重新购置。

● 建立一个博客，上面可以介绍书籍、作者或者任何跟书籍有关的你喜欢的东西。这也是我的青年评论网致力的方向：为我所喜爱的年轻有活力的创作者搭建平台。

● 向你的家人和朋友推荐更多你喜欢甚至是讨厌的书。毕竟能够出版总比无人问津好。

● 和图书来场约会吧。虽然听起来怪不舒服的，但有什么比坐在沙发里跷起二郎腿、身边放着两杯热咖啡和两本书更让人惬意呢（当然，漫画书也算）。

● 当你有机会向别人推荐图书的时候，积极跟别人讨论，在现实中或互联网上都可以。这个暑假，当我在写这本书的时候，NPR 赞助商列出一百本"热门书走向"免费清单，青年评论网也答应了 NPR 暑期热门书做免费交流。对于双方来说，这都是一个推荐书和谈论书的好机会。YARN 的这次交流也让那些默默无闻的作品受到关注。其他网站也举行了类似的活动。给你一个温馨建议：当你和其他读者交流或讨论一些主流作家作品的时候，你可以试着问问："你听说过一位不太为人所知的作家吗？"借此机会，可以顺便推广一下自己的作品。

我会一直在你们身边，给你们建议。我会倾注全力地通过YARN，通过我的作品，或者是我的整个写作生涯，尽我所能地让更多的人回归书本世界。同时，自从我在心里预见我会变成一个多么糟糕的读者，我便尽全力挽回损失，珍惜每分每秒的阅读时间。这也意味着我牺牲了看电视的时间。

你可能会把我想象成这种作家——一个能够带动别人的小说家，热爱编辑，传授写作经验，写非虚构的散文作品。但我希望其他类型的作家也在读这些文字。像艾米丽·狄金森，一生只出版作品的一小部分，那些未来的编辑、小说家、律师和专业研究者，他们其实一点也不想自己的作品成为下一部美国伟大小说，或许其中有人本会成为下一个苏珊·科林斯或 J. K. 罗琳。

我希望我们是因为文字联系在一起的，那些我们所说的小说、传记、诗歌、日记、话剧、短篇故事、散文等。我希望我们的出版梦想都能实现，但更多的，我希望我们永远记住：写作这条路很长，反过来，它将以很多种方式给你回应，而阅读带给我们的乐趣，将一直在那里。

附　录

如果你是从"对不起，但事实就是如此，你必须拥有一份'正式工作'"开始读起的，我非常开心。莎伦热心地指出，不少读者也许会对你的清单感兴趣，因为也许他们无法将创意写作当成他们正式的职业，但是他们依然可以与一些具有创造性的文字工作打交道。他们中的一些人通过这种方式来保持自己的写作习惯。请你记住（也请你的父母一起记住），当你读到这一章时，这张清单并不是成为作家职业的一张综合清单；这是据我所知从高中时即与我保持联系的一些作家的职业，也是我个人的意见。

同时，对以下列出的职业清单，有三点需要说明，我经常不得不重复数次。第一，这些工作收入不但可以养活你，而且这类工作经验会真正地、独一无二地帮助你提高创意写作的能力。如果这份工作使你并不那么愉快但是却能赚钱，那么把你的工作当成是一种研究吧，每天回到你的书桌前，你就可以搜集到你创作小说的素材。记住，即使是艾略特，在白天也有多种身份，比如教师、银行家、编辑。第二，多种与文字有关的工作会使你更快、更接近作家职业——我的意思是，如果你成天都在做一些文字处理工作，通常你会自然而然地对文字处理更得心应手。第三，选择职业的窍门在于选择一种不会扼杀你的创意写作能力的职业，如果你打算在业余时间从事创意写作的话。有一些工作会毁灭你的创意，你会惊讶地发现你从未在意过的一些事实——事实上，你更乐于去写广告文案而不是短篇故事。不管怎样，如果你发现你真的喜欢小说，但是同时发现当你结束一天的工作回到家之后不愿意再多看一眼别的小说，那么，是时候找一份不会扼杀你的创意的新工作了。

最好的消息是你还年轻！如果你打算换工作，在各种行业实习或者从低级的职位开始做起，这些工作都会为你提供多种潜在的技能，帮助你在不同的行业找到新的工作。（例如，如果你正被迫做类似航天杂志编辑的相关工作，那么转向编辑公共关系类的杂志也许并不困难。）如果你年纪稍长，记住，没有什么是一成不变的。你依然能够掌握自己的命运，终归还有时间改变。

新闻媒体和评论

是的，你可能通过写作挣钱！尽管报纸正在裁员并需要厘清它们未来的商业发展模式，但是你依然可以找到一个可以获得报酬的纸质的或者在线的杂志工作。这里简单地列出了一些较有名气的作家和讲授小说的老师曾经服务过的出版机构：

● 《细节》（*Details*）和《智族》（*GQ**）*（都是关于男性的时尚杂志，解读每季国际男装发布会及时尚趋势，引导男士时尚生活和潮流消费，讨论从电影到婚姻的各种时尚话题）。

● 《出版人周刊》（*Publishers Weekly*）和《书目》（*Booklist*）（这两类是在出版界享有尊贵地位的杂志，如果你能为其中一种写评论，将会成为你的作品的最好宣传）。

● 《华盛顿邮报》（*The Washington Post*）和《纽约时报》（*The New York Times*）（你肯定也知道，这两家报纸都是重大消息的领导

---

* 国际视野高端男人时尚资讯杂志。

者和分析者，不论是地方的、国内的还是国际的）。

● *NYLON* 和 *NYLON GUYS**（它们都是以流行的时尚文化、旅游和音乐为主的杂志）。

●《滚石》（*Rolling Stone*）（音乐产业的领军杂志，包含各种各样的音乐，从乡村歌手泰勒·斯威夫特到独立乐队）。

●《纽约客》（*The New Yorker*）（创建于 1925 年，已经成为每周一期的最好的小说、评论、讽刺文学以及诗歌的最大来源，其中单独的风格漫画也是最好的艺术教育素材）。

● *True Slant***（TrueSlant. com 是一个在线平台，类似于博客、社交圈的媒体，主题包括电影、政治、科学、育儿和理财等各方面）。

● *Slate****（用他们自己的话说，这是一个"新闻、政治和文化的在线杂志"，我的朋友经常在 Facebook 上分享一些来自于 Slate 的链接）。

●《世界时装之苑》（*ELLE*）（与《时尚》（*Vogue*）一样，但是更加前卫）。

这些新闻杂志名气越大，报酬越丰厚，理所当然，为它们写稿也更加困难。告诉你一个好主意，一些本地娱乐周刊的评论杂志的稿酬大约是每字 0.30 美元，康泰纳仕出版集团****下属的《时尚》的稿酬

---

* 是一本以流行文化和时装为主题的美国杂志。内容包含艺术、音乐、设计、名人、科技和旅行。名称"Nylon"来自杂志中经常出现的文章主题——"各自自主的双生城市"纽约和伦敦两个城市的英文名称。

** 2009 年 4 月，AOL 前新闻主管路易斯·德沃金创办的独立新闻网站，其初衷是为全美各地失业的独立记者提供一个出版平台，这些记者可以为该平台撰稿并获得报酬。

*** Slate 是美国知名网络杂志，1996 年创刊，以其政治评论、离奇新闻和艺术特写等内容而闻名。作为唯一一本网络杂志入选"期刊 top100"，更以网络杂志身份获得"美国期刊奖"的最佳网站奖。

**** Conde Nast，为美国知名出版集团。

对规定长度以内的文章支付将近每字 4 美元（250～5 000 字以内或者更长）。大多数出版物会雇用一些自由撰稿人，出版集团与这些自由撰稿人按照合约规定履行责任，按每篇文章或者月付或者年付报酬，这可使出版集团节约开支，但那些能力超常的自由撰稿人可以收入丰厚。虽然你也许不是专栏作家，也可以被列为拥有一定读者群的作家，接下来你可以建立一些好友圈，慢慢地获得更多的栏目写作机会。

也许你开始只是给一些乏味的出版物写稿，报酬也比较少。乔尼·赛古拉，我在攻读艺术硕士学位时的一位朋友，是一位已经公开出版过小说的小说家，她曾经在内布拉斯加州的奥马哈市担任记者，后来成为《出版人周刊》的评论编辑。另一位朋友，克莉丝汀·赫西，在她成为一名佛罗里达州博卡拉顿市报的全职新闻记者之前，曾经在大型都市报做两份实习工作，一份是在《华盛顿时报》（The Washington Times），一份是在《洛杉矶时报》（Los Angeles Times）。她在大学时的益友曾经告诉她，也许每个人一开始都想在《纽约时报》工作，如果你在那里干过，"你将会有更多的资本和经历去获取一份在其他小地方报纸工作的机会"。她说她自己的经历证明了这句话绝对有道理。在这里，我讲这则故事是说，对在博卡拉顿市报工作过的人来讲，每个人都有机会继续跳槽。后来，不到两年，她换到了马里兰州安纳波利斯的《金融报》（The Capital），后来到《华尔街日报在线》（Wall Street Journal Online）任职，不过她承认，在面试时，用她的话说，"没有任何金融或者与华尔街相关的工作经验，"但录用她的人认为她聪明、有写作经验，而有关金融的知识可再学习。

同时，她认为，"担任记者的最大好处是你可以学习任何东西。"

在开始工作的时候，灵活、谦虚非常重要。如果工作需要你去报道警察笔录，而你更想去做电影评论或者书评，请接受工作的安排。只有脚踏实地，才能一步一步走向成功。这是老生常谈，但它确实有道理。同时不要忘记博客圈中的大量的各种机会。你并不能从经营你的博客或者为朋友圈做栏目上获得物质报酬，但是你还是必须让你的博客制作精良，并且建立公众信息，这也许会让你引起其他行业的注意。个人博客也是其他出版集团的编辑认识你的开始，通过你的博客，他们可以看到你的写作习惯、文风等。这也可以为你找到更多读者，带给你一些意想不到的机会。青年作家泰薇·盖文森就是很好的例子。她就是从她制作风格独特的博客开始，得到大型媒体如 The American Life 的编辑艾拉的支持，渐渐成为一位网络出版编辑（http://rookiemag. com/us）。

在哥伦比亚就读 MFA 时，教授我课程的大多数老师遍布各地教书、写文章、写书评，也写小说和诗歌。在各领域中，他们都是作家，他们的作品经常在《纽约时报书评》（*New York Times Book Review*）中占据重要位置，或者经常名列畅销书榜单。他们通过写文章和书评获得收入，这同时也为他们扩大公众影响，获得更多声誉。一些在美国和英国读者中非常有名的小说家，比如亨利·詹姆斯、弗吉尼亚·伍尔夫、约翰·多斯·帕索斯，都将他们的成功归结为小说作品中睿智的历史观念、有当过记者或者写评论的经历。现在也是如此，但是随着互联网的普及，写作者有更好的平台，他们有更多的地方展示他们的各类作品。

这并不意味着你为了赚钱而要去出版一些"重要"的作品。如果你有机会为 *Nerve* 或 *Cosmo* 这样的时尚杂志写专栏的话，接受这份工作吧。嘿，这可是为甘蒂丝·布什奈尔工作呢。

成为一名编辑或代理人

与新闻记者和评论人一样，编辑和代理人同样是直接与创意写作相关的工作，或者还要更接近一些。事实上，如果我对正从事这类工作的有抱负的作家存在批评意见，那也是因为他们如此接近写作，以至于你发现他们会有一些小小的沮丧。我大学毕业之后受雇于代理人工作时，发现大量的天才作家已经出版了各种各样极具竞争力的作品，也拥有了大量读者群，因此，我倍感沮丧。但我发现这也有诀窍，即要寻找适合的出版机构让它为你服务，我认识到，为 YARN 工作比在我曾经工作过的代理公司更适合我。

但是，别忘了，在出版行业工作确实能提高自己。像大卫·利维森，一位相当成功的学术编辑，也是小说家。拉非尔，先锋派小说的知名作家，都有过在 *O* 或者《Oprah 杂志》（*Oprah Magazine*）长期担任编辑的工作经历。从更小范围来看，我注意到我的一些朋友成为文学杂志的编辑之后，更容易在知名的文学期刊上发表作品了。出版业也同其他行业一样，一旦踏进出版这一行，那么你已经走出了成功的第一步。

事实证明，你宁愿编辑或者代理其他作者的著作，而不是自己从事写作。我就读 MFA 这么多年以来，与我有联系的代理人和编辑中不止一个人说过，当他们还是学生的时候，他们就向往这样的工作。他们认为当他们读到一些需要润色的作品并使作品成功销售，相比于通过努力写小说出版或者写文章发表，自己更适合做引导读者的角色。像我的代理人佩恩将她曾经做过安的文学代理人的经历写在她的个人简历中："当我发现我在弗吉尼亚大学获得的诗歌写作艺术学士学位并不能给我带来更多的工作机会时，我转到纽约寻找与出版有关的职业。"

与其他一些刚毕业的大学生所认为的出版业有其另一面一样，佩恩参加了纽约大学夏季出版协会。我的一位大学毕业后的室友也参加了类似的协会，我碰巧知道了这些程序，特别是在纽约，这个实现理想与抱负的地方，到处充斥着热爱文学的人们。他们一边坚持不懈地进行写作，一边努力工作并享受这个城市的乐趣。如果你真想在纽约的出版行业找到一份工作，可以加入类似这样的协会，特别是他们以帮助学生在知名出版机构和杂志社寻找有偿工作而闻名。

编辑也有许多种形式，众所周知的编辑工作是在一个商业出版公司工作。虽然你在刚开始时收入会比较少，但会成为受人尊敬的编辑的助理，然后慢慢成为助理编辑，再成为编辑，也许更高一步，成为高级编辑，或者出版商。也许有一天会实现，如果你做得足够好的话。你也可以像我，或者一些朋友那样，创办自己的文学期刊——但是这样你得不到工资。或者你也可以像我的剧作家朋友那样，在大型出版公司从事编辑工作，给大型公司写新闻稿，获取应得的报酬。或者你也可以在医学期刊从事编辑工作，尤其是，如果你拥有许多科学知识，或者在其他类似的期刊工作过。如果你懂飞钓或者跑车或者烹饪，寻找那些符合你特长的杂志。此外，你也许会从助理、文字编辑开始一步一步做起，你的大学也许有出版社，他们如果正在招聘初级编辑，你就去寻求这份工作，这是可以的！我曾经在 UCLA 度过了一个愉快的暑假，在那里主要做信息核实和为一位英语老师校订一本手稿，他的手稿包含了许多数学知识，正是因为这一点，把许多前来应聘的人吓跑了。我并不擅长数学，但是我拥有相关的一些几何、代数的知识，然后在互联网的帮助下，我顺利完成了任务。

编辑工作本来与出版工作是不同的。区别之一是，如果你正在做图书出版工作，也许你会想要写点什么，这样做有很多好处。对于我来说，这项工作可以不在纽约，这就减少了你对于大城市花销的恐惧。另一方面，你不用每天不得不面对堆积如山的退稿，这些退稿使你整个早晨都没有任何时间思考。"也许有一天，我的小说也会变成废纸，"类似的想法会经常涌上你的心头，即便你正在品味美好的拿铁也不可避免。

文案和写手

与新闻记者、代理人、编辑工作一样，文案和写手也是你可选择的工作。这可以帮助你练笔——这样的工作需要你听从别人的意见，而不是让你的想法贯穿始终，这并不是一件简单的事。争议可能存在，但是我把这两种工作放在一起的原因是，这类工作中作者的名字并不突出。如果是写手，你的作品的署的可能是别人的名字（名人），或者是一名浪漫小说家，他不能全部完成他的任务，需要有人帮助他一年完成创作十部小说的任务。这类的写作活相比文案来说难度更大。

也许你充当一些模仿类作品的写手可以得到近 2 000 美元的报酬，在我 18 岁的时候，觉得 6 个月能收获这么多，看起来相当可观了，但是当我到 28 岁，我意识到为了在纽约生存，我必须获得 3 倍于此的收入才可能生存，否则我连住的地方也没有，或者直接退休。但是，如果你当写手也写出名了，你就有可能拿到 1 万美元的大项目了。看起来并不坏，你可以穿着睡衣做这些工作。

通常不同的领域都需要文案，这些难以穷尽。像我前面所讲到的商业编辑，许多期刊和杂志社，大公司、大学、医院，都需要文案，它们也需要写一些新闻、宣传和材料等，你可以进入一个医生的办公室看看。有的是整个团队为它们服务并获得报酬，这类工作可能更适合你，如果你讨厌周围那些经常对本职工作充满报怨的人。有时候这样的文案工作往往包含了编辑工作，或者这也是通向编辑工作的道路。

这样的工作可能不再被称为文案。当你在找工作网站填写相关资料时，往往会运用一些具有创意的词语，或者试试"内部营销"、"创意文字"、"技术文档撰写"或者"制作人"之类的词语，因为这都是目前描述文案工作的类似词语。公司的员工经常有许多文案方面的工作，或者内部需要的广告文案撰稿人。在下一节，我会继续讨论文案，它包含了公关（PR）和广告——这些写作工作往往在公司之外。

公关、广告、网络社交媒体

这些职业是媒体的一部分。我将它们归为一组，因为它们通常都是融为一体的，像专题讨论会、公司会议，它们都是团队创作，这个团队中的每一员都发挥着自己独特的作用。不像文案和编辑通常是受雇于某公司的，这样的写作发生在我们每个人身边。

当我年轻的时候，我有相当长一段时间纠结于公关和广告两者之间的区别。事实证明，广告比公关更为直接。当我们看到电视、网络和杂志上的广告，我们能够立刻认出它。它在试着向我们推销某些东西。某些公司正掌控着它们，并将广告呈现在我们面前。

有些广告发生在室内，广告本身还包含着团队制作、出售和营销以及推广。公司也会请专门的广告代理商制作和推广广告，就像《疯狂的人类》中那样。

特别需要指出的是，有些有才华的作家往往会在广告中展示他的"创意"，他们会在广告的概念、文字中显示他们特别的一面。我曾经听说，这样的工作收入颇丰。你也许要留意轶事，比如科琳·奥克利，YARN 的第一位诗歌编辑，有一位做某名牌酒业公司广告的朋友。科琳·奥克利发现，"这听起来很有趣，"这位广告人回答了她十年来广告业的变化。当他进入广告行业的时候发现，广告并不是完全讲究创意的，现在都是数据、分析、统计。科琳在讲述时强调："广告最主要的特征是数据。"

PR 也是如此，这里有更深入、更复杂的分类工作。我笼统地称之为"公共关系"，这并不能涵盖它所有的工作，比如公司与公众的交流，这类工作也许可以称之为市场调研、沟通或者市场满意度调查。让我们再回头看看猫粮公司。这家公司想让我们认为产品像杂志文章上所描述的那样，而不仅仅是广告形式。你知道这都是杂志中

"编者的选择"，哪里会有编辑告诉你他们真正喜欢什么呢？在许多情况下，他们先是发现这种产品，往往是一位 PR（广告软文写作者）收到产品的样品和产品说明以及宣传文字，一切写作都是为了说明，为什么这种猫粮是最好的猫粮。这都是产品团队制作了全部宣传，然后打包发送给杂志的。有些人正在从事这样的写作！

　　如果猫粮要被召回，将会怎样？如果鲑鱼中发现了沙门氏菌，PR 团队的工作人员会对此次召回进行止损控制，给媒体写相关内容的新闻稿、准备演讲并在必要的时候给 CEO 发送备忘录。如果猫粮公司要推出一款素食类的猫粮产品，将会怎样？PR 团队会收到命令，制定新的"目录"、推广文案。

　　广告和 PR 工作都可以在室内进行，但是有时候一些公司也会雇用外部的合作伙伴进行各种各样的促销项目和活动。我的朋友迈克，他是我在攻读 MFA 时遇到的一位作家，是一个视觉艺术界的天才，他与代理人签约进行写作，每天 450 美元报酬，以提升某些公司的概念与形象，发布在类似尼克尔儿童频道、JR、日舞频道、探索频道等。在这个行业，你开始可能是助理、自由撰稿人，这时你可以慢慢地用心积累并建立你的人脉。不像新闻记者，你的圈子都是出版类的，你可以在你的朋友中创立一些社交圈，也可以在自由时间创作一些故事。

　　如果你对广告或者 PR 感兴趣，想在暑假时做一些相关的工作，也许你应该在社区大学学一些相关的知识，比如统计、网站设计、HTML、平面设计等。一个在一家大公司从事与市场相关工作的朋友告诉我，刚才所述这些才是最重要的工作，甚至金融、法律方面的公司，都会给写作者很多任务。在她过去的工作经验中，她认为 PR 和市场销售职位的大量工作描述都是具有平面设计技能，会制作具有冲击力的 Email、博客和即时通信。你绝对想不到这些技能何时会发生作用。

我就没有关注这些社交网络，因为这是相对比较新的职业，目前人们进入社交网络往往也需要承担责任。它经常被 PR 包装好发送到 Facebook、Twitter 或者公众人物的博客上。你知道，当你在 Facebook 上宣称你喜欢哪家公司（一家出版社、一个乐团、喜欢的猫粮品牌）时，你立刻会收到相关的销售信息、音乐会、与这些公司相关的花边新闻等。好了，正是一些人受雇于从事这样的写作。有时候，你喜欢的社交网络活动通常都是被一些写作行业的人作为幕后推手所操纵的。

也许你也可以。

法律

约翰·格里森姆* 就从事过与法律相关的工作，不是吗？

私人助理

大学毕业前，我曾担任过一位知名作家的私人助理。基本上我必须按时出现在她的公寓，做各种她没有空去做的事情，像她因为搬家而必须打包的书、数十年来她发表作品的杂志、打各种电话等类似的

---

　　* John Grisham，美国知名畅销小说作家，他创作的一系列富含法庭法律内容的畅销犯罪小说为他赢得了巨大的声誉和财富。

事，等等等等。这份工作增加了我对作家的了解，并且与作家产生如此多的联系！不仅如此，为她工作时我们相处融洽，事情也进展得很顺利。但我们后来没有再联系。

我知道人们认为的私人助理工作是将他们邀请至大型派对然后付给他们大量的钱。其中有一些还要签订保密协议，不能告诉任何人他的雇主是谁。有时候这些工作更特殊，而不仅仅是普通的如我所描述的那样。有时候，他们会做一些特殊的工作，比如为他们家庭所收藏的艺术品编辑目录。因为私人助理报酬丰厚，所以随之而来需要合理的工作时间，我不得不说，经常有人抱怨这些工作。为某个家庭或者某个人服务是困难的，这是一个小范围的工作。虽然如此，往积极的方面看，他们确实为一些年轻的作家提供了大量的小说角色和素材。

非营利组织（NPO），特别是为阅读和写作而服务的

当我完成了 MFA 后，我开通了 Facebook，与一大群毕业校友联系在一起，注意到他们所从事和感兴趣的职业。一些是评论人、新闻记者或者文案写作者。我已经对此有所描述，他们中有两位是为儿童服务的非营利组织写作中心的主管。

网上查询可以发现这是一份多么令人惊叹的职业。我的朋友和他们的同事经常会因为小孩和少年而涌现出奇异的想法——教练、写作工坊、出版实习等。只有你曾经为这些地方服务过，才能说出它们有多么奇妙。这样的写作中心遍布社区的每一个地方，Writopia

在纽约，DC，826 号大街，从旧金山到遍布全美国各地，许多类似的独立中心已经开张，像西雅图的 Richard Hugo，华盛顿、缅因州的 Telling Room。你可以在网络上试着搜索你附近的"写作中心"或者向当地图书馆咨询，或许早已有一个这样的组织存在于你的身边了。

当你大学毕业后，可以考虑到这样的中心工作。事实上，中心的许多从业人员都是志愿者，但是如果志愿者坚持每周教几个晚上，可以获得一份工作。许多这样的 NPO 人员看起来聪明、年轻又充满艺术气质。我的一个校友在纽约的一个芭蕾舞团工作，同时为一个话剧团工作。在我最近参加的一个午宴上，我遇到了一个非常酷的人，他正在为少年犯策划一个文学项目。

成为这样的 NPO 组织的领导人物，通常需要写作或者非营利组织管理学的硕士学位，但也不一定如此。如果你刚刚大学毕业而不能立即寻找到合适的工作，这样的工作也可以考虑，特别是在你的"业余生活"中，这类组织往往对很多作家极具吸引力（像创立者、志愿者、客座教授和资金筹集人），这都是遇到本地或者国内有名作家的最好方式。如果你将来计划出版一本小说，就能搜集到你需要的各种资源。

基金申请和募集方面的方案写作

上一节我曾讲到非营利组织？它们的运营资金是靠申请基金资助和私人捐赠。猜猜这些资金是如何申请到的？写申请书。个人捐赠往往是通过写信竞争获得的。有人可以写出这里所需要的东西！

事实上，成为一位有经验的基金申请写作者，对每一位作家都是非常有利的。艺术、媒体和科技组织往往非常缺钱，它们需要一些懂行的写作者帮助他们申请到经费。作为奖励，你会拥有实践经验，比如当你需要为自己申请 NEA 资助出版你只写了三分之一的小说的时候。你知道，一个在巴黎生活两个月、只吃点心的人是需要一些生活资助的。

基金申请和写信并不是这些组织获得经费的唯一方式。它们主办大型派对、召开阅读与演讲会、时常向一些志趣相投的个人和团体组织筹款以获得资金。其实，这也是 PR 工作的另外一种形式。正如我在本书的上一节提到的，在一个小的文学性团体中，员工往往拥有多种身份——教师、市场营销人员、经费研究者——这些都给他们带来很多奇特的工作经验，也让他们充满艺术性。在一些大的组织中，你的工作可能更加专业、分工更细，这样你就能与各种各样的或者对你感兴趣的人合作。

当你还在大学的时候，就可以开始为寻找这类工作做准备，比如去你所在大学的学生发展办公室做暑期工，或者寻找半工半读的机会。在这里，你可能有机会学习写作申请书或者感谢信，或者有机会出去接触捐赠人。你可以成为活动策划的助手，或者帮助 NPO 的资金筹款人开始每年一度的特别活动，或者帮助主持你所在城市或者大学的夏季艺术节活动。科琳的另外一个朋友开始是做一个营利性公司的策划助理，获得经验后，成为了纽约剧院的事件协调人和联系人。虽然基金申请写作和筹款人听起来并不特别有吸引力，但是你可以利用这些早期得到的经验去寻找新的工作，比如类似的筹款委员会工作，在这里你会遇到各种各样有趣的和重要的人物。

成为创业者

当青年评论网获得国家图书基金会的阅读创新奖的时候，我们正受到另一个也获得过这个奖的文学组织排斥并贬低。一些在过去或者当年获得此奖的组织，实际上已经开始赚钱并雇用工作人员了。其中的一个，《电子文学》是第一个开始在 iPhone 和 iPad 上创建一流文学的杂志，现在他们正在运营一种名为《推荐阅读》的小说杂志，它主要靠一些知名的编辑或作家在网站上做每周一期的小说连载。

国家图书基金会奖项是一些在阅读与写作项目中非常受重视的荣誉，得奖者清单往往会给你带来许多好的创意，或者可以让你开始在你的家乡创业。创建一个公司或者文学杂志会使你关注你所在的地方是否有类似的组织。但运营它会耗费你大量的时间。如果你选择一个与文学艺术相关的项目，可能会每天都被文字和你最喜爱的作家包围。但这样度过每一天也不错。

当然，你可能想全面了解所有正反两方面的理由。YARN 也像电子杂志一样——别忘了，我们都是文学期刊。YARN 是第一家独立的文学期刊，它为所有年龄段的作家提供在线发布，《电子文学》杂志则是第一个为最好的文学作家在 iPad 上发表小说的杂志。但是他们最初的目标要比我们崇高——他们准备从他们的读者联盟中做大生意。我们也建立了这个联盟，现在我们正在尝试开始一些商业模式。我们和他们之间本质的区别是，我们接受了一些更原始的、无利益的传统期刊模式，YARN 还没有获得任何经济收益。当你开始决定做时，多考虑一下这些事情。

那些帮助作者出书、进行自由写作的文学企业在当前出版环境下正越来越多。他们雇用一些出版人或者自己充当作家，通过各种方式征集书评或者评论，以制造大量的书籍或音像作品。

坦率地讲，在这个数字时代，我们需要更多能重新考虑书籍在新时代如何发展的文学企业。作家和所有的人，不仅是我和你，需要更多地思考，读者当前的阅读方式是从网络上下载作品阅读，而不是像传统的那样在书店买一本书或者借一本书并在当地的图书馆坐下来阅读。这一行也需要思考如何让读者多读书而不是在他们的电子娱乐产品上玩网球。这都需要人们多思考，如何与作家签订新的更公平的付酬方式，引导读者多读书，不论是书架上的书还是在线阅读。

也许这正需要你的加入。

内心的挣扎：实习、兼职还是全职，健康保险，正视自己

当我把这一节发送给那些正在从事我所描述的职业的朋友时，他们帮助我补充了一些细节，并给我提出了具体的修改意见，因此我觉得有义务把这些建议在此全部阐述出来。

在这本书的附录和其他章节中，我曾提及，实习工作是你获得相关工作经验的最好方式。虽然你并不是非常擅长这类工作，但是它有助于你获得类似的正式工作。例如，我曾经在古根海姆博物馆做过实

习生，这使我在大学毕业后在纽约工作的好几年都受益匪浅，虽然我后来并没有从事与艺术相关的工作。实习通常是义务劳动，但是是值得的，只要你能负担得起并乐于去做。

全职还是兼职是一个大问题，特别是对于那些想全力投入自己的小说、剧本或者无论什么作品的作家来说。我和我的作家朋友，包括我那个不是作家的丈夫在判断什么是值得的时，都认为两者皆可：协调兼职与全职的关系，让二者结合起来，或者找一些能获得较好报酬的全职工作。通常，我们会选择通过一些事实来做出判断。当经济情况不是很好而全职工作又比较少的时候，找几份时间安排不冲突的兼职也是合适的。这样的收入往往比一份全职工作收入更丰厚。我觉得，在你的一生中可能会出现经济上的或者其他不可预知的原因。我不能确信哪种方式更好，虽然有一点我可以肯定，即自由撰稿人接受多份工作会让自己筋疲力尽，而且，这样做也不能为你提供一份医疗保险。

这些都是需要了解的重要问题。坏消息是雇主往往愿意雇用兼职人员，因为他们不愿意提供医疗保险和退休养老保障。好消息是随着奥巴马的医疗改革，你可以一直与父母的医疗保险附加在一起，直到你 26 岁。例如，如果我回到 20 世纪 90 年代，当时我母亲是一所公立学校的老师，她的医疗保险我就可以共享了。这意味着你可以从事多份兼职工作，而不用担心自己的医疗保险，直到你大学毕业 5 年之后。然后，或者在此之前，如果你的父母没有为你制定足够好的计划——你可能不得不开始做出一些关于工作的决定，或者自己赚钱购买保险计划，等等。你也必须记住，你的健康不仅仅是你必须思考的唯一事情，虽然你还年轻，但并不意味着你不用考虑退休问题。我知道，这令人烦恼——它看起来如此遥远。但从某种意义上来讲，你必须早早地为自己退休后的各种问题打算。你需要考虑找一份能为员工提供养老计划（401（k））的工作。

等你开始思考退休计划的时候，你可能已经有了足够的工作经验和专门的技能来增加收入，不管是写手、自由撰稿人还是编辑。我打算引用我一位在出版行业工作的朋友的话，我觉得她说的比我讲的更好："我认为有一件事你在书中不得不提一下，就是讨价还价，商人并不认为为他们的服务支付每小时 100 美元（或者更多）、或者两倍于此的价格不合理，但是作家，甚至是优秀的作家，往往低估了他们的服务价格。他们以极其低廉的价格出售他们的服务。"不要这么做！当迈克建议付我每小时 100 美元，请我辅导他的写作的时候，我几乎惊讶得快要晕倒，甚至有些尴尬。但是你猜如何？我接受了。现在许多人还是低估了自己的服务价格。

所有这些都说明，要相信你自己！相信你是一名作家，以及这个作家身份给你带来的一切。

参考书目

下面给出的不是一份综合的或者权威的关于写作的书目。可以说，这是一份非常私人的我自己曾经读过的我喜欢的书目，或者我身边的好朋友读过的、他们喜欢的（至少我曾经浏览过、摘录过片段，或者从别的作品中读到的作家）。此外请注意，我是一个反应较慢、又非常严谨的读者，这意味着我可能没有列出一些真实存在的关于写作方面的重要书目，请不要以此为借口来反对我。

我将这些书目按照类别分列，而不是按照整个参考文献进行注释，以便让你找到这些书时更有感觉。我已经尽量让它们分类在合适的条目之下。

语法类：

Fish, Stanley Eugene. *How to Write a Sentence：And How to Read One*.

Fogarty, Mignon. *The Grammar Devotional*.

Strunk, William, Jr. and E. B. White. *The Elements of Style*.

Truss, Lynne. *Eats, Shoots & Leaves：The Zero Tolerance Approach to Punctuation*.

写作类：

Beach, Sylvia. *Shakespeare and Company*.

Calvino, Italo. *If on A Winter's Night A Traveler*.

Chetkovich, Kathryn. "Envy," anthologized in *The Best American Essays 2004*.

Edmundson, Mark. *Why Read?*

Dillard, Annie. *The Writing Life*.

Goldberg, Natalie. *Writing Down the Bones: Freeing the Writer Within.*

Gladwell, Malcolm. "The Science of the Sleeper." www. gladwell. com.

Hemingway, Ernest. *A Moveable Feast.*

King, Steven. On Writing: *A Memoir of the Craft.*

Lamott, Anne. *Bird by Bird: Some Instructions on Writing and Life.*

Lerner, Betsy. *The Forest for the Trees: An Editor's Advice to Writers.*

One Hundred Famous Rejections. http: //www. onehundred rejections. com.

Quindlen, Anna. *How Reading Changed My Life.*

SARK. *A Creative Companion: How to Free Your Creative Spirit.*

Woolf, Virginia. *A Room of One's Own.*

写作练习与创意思维：

Baxter, Charles. *Burning Down the House: Essays on Fiction.*

Bell, Madison Smartt. *Narrative Design: A Writer's Guide to Structure.*

Benke, Karen. *Rip the Page!: Adventures in Creative Writing.*

Dunn, Jessica, and Danielle Dunn. *A Teen's Guide to Getting Published: Publishing for Profit, Recognition, and Academic Success.*

Gardner，John. *The Art of Fiction：Notes on Craft for Young Writers*.

Hanley，Victoria. *Seize the Story：A Handbook for Teens Who Like to Write*.

Kundera，Milan. *The Art of the Novel*.

Levine，Gail Carson. *Writing Magic：Creating Stories that Fly*.

Mazer，Anne，and Ellen Potter. *Spilling Ink：A Young Writer's Handbook*.

Thurston，Cheryl Miller. *Unjournaling*.

Zinsser，William. *On Writing Well：The Classic Guide to Writing Nonfiction*.

关于寻找写作伙伴、写作网站和写作中心：

● 虚构网可以提供许多在线写作伙伴、在线批评或者批评其他同伴作品的机会。www. figent. com。

● 哥谭作家协会在纽约开设有写作工坊，也可以进入他们的国际在线网络。www. writingclass. com。

● "少年墨迹"组织有极好的夏季写作组织。www. teenlink. com/summer。

● 826 写作组织，成立于 2002 年，由戴夫·艾格斯和尼尼薇·卡耐尔在旧金山巴伦西亚的 826 号联合创办。每年成果显著，协会遍地开花，也许在你身边，现在或者未来，就有这样的写作组织。www. 826national. org。

● 少年写作营（Writopia Lab）在纽约、华盛顿和洛杉矶都有写作坊和写作夏令营，他们为学生创办的网络学习班遍布全球。www. writopialab. org。

● 如果你既不靠近 826 写作营，离理查德·雨果写作坊（西雅图，华盛顿）和讲述写作室（波特兰，缅因州）都很远，在网络上搜索离你居住地最近的"写作中心"或者"青年写作组织"，这些组织遍地都有，也可以咨询当地的图书馆或者书店。

寻找代理人、出版商和文学杂志：

● 好的，或者是我个人的偏爱，《作家文摘》提供了许多优秀的经纪人、出版代理人和文学期刊，各种类型都有，特别是他们每年的系列指引（比如 2013 年的文学代理指引）。www. writerdigestshop. com。

● 赫尔曼·杰夫的指南包含了周围知名的出版、编辑和文学代理人，并且定期更新，原因只有一个——这是为作家寻找资源的一站式指南。

● 如果你想找一个代理人，可以订阅几个月的出版市场集萃，这也许可以帮助你寻找到合适的人，它汇集了出版、行业专业综合信息。www. publishermarketplace. com。

● 如果要找出版审查代理，必须得到作家资讯网站的盖章许可。www. aaronline. org。代理人如果想要成为经过盖章认证的代理人，必须懂得一些特定的法律规章和了解代理条款，才可以成为 AAR 认可的代理人，所以如果你看到他有这个许可，那么他必然是懂得规章并理解条款的人，十分可靠。（例如，一些名声不好的代理人会索要一些额外的费用，但是 ARR 认可的代理是禁止这么做的。）

● 文学汇集地（Literary Market Place）里有一些可搜查到的网

站和纸质印刷物提供者，这里有一些与出版和代理相关的信息。
www. literarymarketplace. com。

时间管理类：

Morgenstern，Julie. *Time Management from the Inside Out：The Foolproof System for Taking Control of Your Schedule and Your Life*

Zerubavel，Eviatar. *The Clockwork Muse：A Practical Guide to Writing Theses，Dissertations，and Books.*

"创意写作书系" 介绍

　　这是国内首次系统引进国外创意写作成果的丛书，它为读者提供了一把通往作家之路的钥匙，帮助读者克服写作障碍，学习写作技巧，规划写作生涯。从开始写，到写得更好，你都可以使用这套书。

丛书书目

书名	作者	出版日期	阅读参考
《自我与面具：回忆录写作的艺术》	玛丽·卡尔	2017 年 10 月	非虚构写作
《新闻写作的艺术》	纳维德·萨利赫	2017 年 6 月	非虚构写作
《回忆录写作》（第二版）	朱迪思·巴林顿	2014 年 6 月	非虚构写作
《写出心灵深处的故事》	李华	2014 年 1 月	非虚构写作
《写作法宝》	威廉·津瑟	2013 年 9 月	非虚构写作
《故事技巧》	杰克·哈特	2012 年 7 月	非虚构写作
《开始写吧！——非虚构文学创作》	雪莉·艾利斯	2011 年 1 月	非虚构写作、练习
《从生活到小说》（第二版）	罗宾·赫姆利	2018 年 1 月	虚构写作
《小说写作：叙事技巧指南》	珍妮特·伯罗薇 等	2017 年 10 月	虚构写作
《成为小说家》	约翰·加德纳	2016 年 11 月	虚构写作
《小说创作谈》	大卫·姚斯	2016 年 11 月	虚构写作
《如何创作炫人耳目的对话》	詹姆斯·斯科特·贝尔	2016 年 11 月	虚构写作
《小说创作技能拓展》	陈鸣	2016 年 4 月	虚构写作
《故事力学》	拉里·布鲁克斯	2016 年 3 月	虚构写作
《写小说的艺术》	安德鲁·考恩	2015 年 10 月	虚构写作
《弗雷的小说写作坊：悬疑小说创作指导》	詹姆斯·N. 弗雷	2015 年 10 月	悬疑写作
《弗雷的小说写作坊：让劲爆小说飞起来》	詹姆斯·N. 弗雷	2015 年 7 月	虚构写作
《弗雷的小说写作坊：劲爆小说秘境游走》	詹姆斯·N. 弗雷	2015 年 7 月	虚构写作
《故事工程》	拉里·布鲁克斯	2014 年 6 月	虚构写作
《冲突与悬念》	詹姆斯·斯科特·贝尔	2014 年 6 月	虚构写作
《情节与人物》	杰夫·格尔克	2014 年 6 月	虚构写作
《30 天写小说》	克里斯·巴蒂	2013 年 5 月	虚构写作
《情节！情节！》	诺亚·卢克曼	2012 年 7 月	虚构写作

《开始写吧！——虚构文学创作》	雪莉·艾利斯	2011 年 1 月	虚构写作、练习
《小说写作教程》	杰里·克利弗	2011 年 1 月	虚构写作
《开始写吧！——推理小说创作》	劳丽·拉姆森	2016 年 7 月	推理写作、练习
《开始写吧！——科幻、奇幻、惊悚小说创作》	劳丽·拉姆森	2016 年 1 月	科幻写作、练习
《网络文学创作原理》	王祥	2015 年 4 月	网络文学写作
《好剧本如何讲故事》	罗伯·托宾	2015 年 3 月	剧本写作
《开始写吧！——影视剧本创作》	雪莉·艾利斯	2012 年 7 月	剧本写作、练习
《写我人生诗》	塞琪·科恩	2014 年 10 月	诗歌写作
《心灵旷野：活出作家人生》	纳塔莉·戈德堡	2018 年 1 月	综合指导
《来稿恕难录用：为什么你总是被退稿》	杰西卡·佩奇·莫雷尔	2018 年 1 月	综合指导
《大学创意写作·应用写作篇》	葛红兵 许道军 主编	2017 年 10 月	综合指导
《大学创意写作·文学写作篇》	葛红兵 许道军 主编	2017 年 4 月	综合指导
《从创意到畅销书：修改与自我编辑》	詹姆斯·斯科特·贝尔	2016 年 1 月	综合指导
《写作是什么：给爱写作的你》	克莉·梅杰斯	2015 年 10 月	综合指导
《故事工坊》	许道军	2015 年 5 月	综合指导
《经典情节 20 种》（第二版）	罗纳德·B. 托比亚斯	2015 年 4 月	综合指导
《写好前五十页》	杰夫·格尔克	2015 年 1 月	综合指导
《作家创意手册》	杰克·赫弗伦	2015 年 1 月	综合指导
《经典人物原型 45 种》（第三版）	维多利亚·林恩·施密特	2014 年 6 月	综合指导
《创意写作教学》	伊莱恩·沃尔克	2014 年 3 月	综合指导
《你的写作教练》（第二版）	于尔根·沃尔夫	2014 年 1 月	综合指导
《诗性的寻找》	刁克利	2013 年 10 月	综合指导
《创意写作大师课》	于尔根·沃尔夫	2013 年 7 月	综合指导
《一年通往作家路》	苏珊·M. 蒂贝尔吉安	2013 年 5 月	综合指导
《写好前五页》	诺亚·卢克曼	2013 年 1 月	综合指导
《畅销书写作技巧》	德怀特·V. 斯温	2013 年 1 月	综合指导
《成为作家》	多萝西娅·布兰德	2011 年 1 月	综合指导
创意写作书系（青少版）			
《写作魔法书——让故事飞起来》	加尔·卡尔森·莱文	2014 年 6 月	故事写作
《写作魔法书——妙趣横生的创意写作练习》	白铅笔	2014 年 6 月	练习

"一个故事的诞生" 写作课

课程介绍

把大师请回家，帮你打造故事思维

《一个故事的诞生》汇集郝景芳等著名作家的故事写作法宝，用2个篇章、5个步骤、22节课，帮你打造故事思维，写出属于你的故事。

边听边写边改，全程陪伴式写作课

你可以在评论区提交作业，交流学习心得。我们会挑选作品，特邀专业写作老师进行番外点评课程录制，你可以对照着发现自己的问题，并修改和完善自己的作品。

▶ 扫码订阅

"从零开始写故事" 写作训练营

课程介绍

6周/30讲视频课，系统学习故事写作的底层逻辑和通用方法

　　前三周系统讲解故事写作的通用方法和技巧，帮你建立一套系统、规范、高效的写作方法和技能体系；后三周进入故事写作应用场景，分别从人物、事件、群体、商业、自媒体等维度，讲解不同条件下的写作攻略。

社群带班写+作业点评+作品打磨

　　课前共享学习资料包，课后交流学习心得，按时提交作业，组织导师点评和学员互评，最后两周集中打磨作品。

主讲人

叶伟民，《南方周末》前特稿编辑、记者；
知乎、网易人间等多家平台签约写作导师。

▶▶ 扫码订阅

创意写作书系·青少年系列

《会写作的大脑》（套装四册）

作者：【美】邦妮·纽鲍尔 出版时间：2018年6月

《会写作的大脑1·梵高和面包车（修订版）》

这是一本给青少年的创意写作练习册，包括100个趣味写作练习，它将帮助你尽快进入写作，并养成写作习惯。你只需要一支笔和每天十分钟，就可以加入这个写作训练营了。

《会写作的大脑2·怪物大碰撞（修订版）》

本书包含了100个充满创意、异想天开的写作练习，帮助你迅速进入状态，并且坚持写作。你在开始写作时遇到过困难吗？以后不会了！拿起这本书，释放你内心的作家自我吧！

《会写作的大脑3·33个我（修订版）》

在这本书中，你会用各种各样的工具、用各种各样的姿势、在各种各样的地方写作。它将帮助你向内探索，把自己的生活写成故事。

《会写作的大脑4·亲爱的日记（修订版）》

本书是那些需要点燃或者重启写作灵感的人的完美选择。无论何时、何地，只要你翻开这本书，开始动笔跟着练习去写，它都能激发你的创造力，给你的写作过程增加乐趣，并帮助你深入生活、形成自己的创作观。

面包师有办法

把这13种食物或者与食物有关的词语用在故事中。

- 甘蓝
- 种品减肥，种营减肥
- 醉的鱼
- 橘子

- 维生素
- 蛋仁茶
- 牛排
- 菠萝蜜
- 巧克力

- 苏脂蜂密
- 鸡肉
- 冰淇
- 蒸有器面

这样开头：

她累了一天……

_____

06

_____

_____

_____

_____

_____

下一步

每种办法写出这些将你自选主要的，就要有吧说，这样写就完美。我可以一边写作一边做两类型的作品。在写作中，你打算以什么来帮我？我们什么的鸡的？

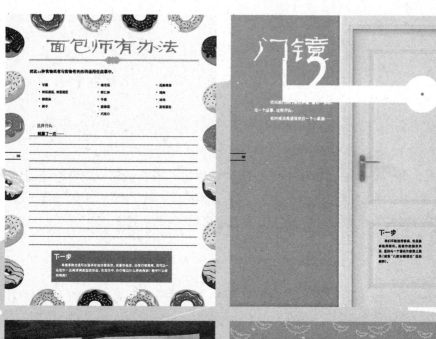

门镜

你从她行出在你住房里看到了一些路。写一个故事，这样开头。
有时候我希望我到的一个小奇迹……

08

下一步

我们不喜这样你看着，把系随都要接拍拍，我看你的就我共东，复到每一个都和作家想之联系（就像"六段分段链接"做的那样）。

隐形墨水

1. 拿一叠空白纸片，叠放在下面的图表上。

2. 拿一支圆珠笔，不要用中性笔、马克笔或签字笔。

3. 在上面的低片上慢慢地，用力地，一笔一划地写下下一项你需在这个月内完成的写作计划。

4. 把上面的低片拿掉。

5. 把自己藏的30天后，就好标记，接着翻自己翻回这一页，一个月后，按照"下一步"中的指示子去做。

下一步

在回顾你这个月过去十月过基于？啊，零去一只自焦，我们不可需焦你好地完，把写在纸片里，贴好经保工都拿来随起地团？一个月后不要怎么了？试好好用地看看工这个下个月期望之下的态，蜡烛就个一句，做好准马手不厌呀，你的你创这是要得他发达。

闹鬼的城堡

你正走在一座闹鬼的城堡过夜。列出六件你一定要做的事各：

1. _____   4. _____
2. _____   5. _____
3. _____   6. _____

完它们都用在故事里。这样开头：
有时候真的……

_____

22

_____

_____

_____

_____

下一步

知我告诉会提立刻好了有典开章，你贫很上的你的作品吗？如果你，真哪都作品？如事好奇，请让你作品比哪说这个便次列表上，小覆委做你吧？

图书在版编目（CIP）数据

写作是什么：给爱写作的你/（美）梅杰斯（Majors，K.）著；代智敏
译. —北京：中国人民大学出版社，2015.7
（创意写作书系）
ISBN 978-7-300-21603-4

Ⅰ.①写…　Ⅱ.①梅…②代…　Ⅲ.①文学写作学　Ⅳ.①I04

中国版本图书馆 CIP 数据核字（2015）第 152686 号

创意写作书系
写作是什么——给爱写作的你
克莉·梅杰斯　著

代智敏　译
Xiezuo shi Shenme

出版发行	中国人民大学出版社	
社　　址	北京中关村大街 31 号	**邮政编码**　100080
电　　话	010 - 62511242（总编室）	010 - 62511770（质管部）
	010 - 82501766（邮购部）	010 - 62514148（门市部）
	010 - 62515195（发行公司）	010 - 62515275（盗版举报）
网　　址	http://www.crup.com.cn	
	http://www.ttrnet.com（人大教研网）	
经　　销	新华书店	
印　　刷	北京联兴盛业印刷股份有限公司	
规　　格	145 mm×210 mm　32 开本	**版　次**　2015 年 10 月第 1 版
印　　张	8.375 插页 2	**印　次**　2018 年 12 月第 2 次印刷
字　　数	170 000	**定　价**　32.00 元